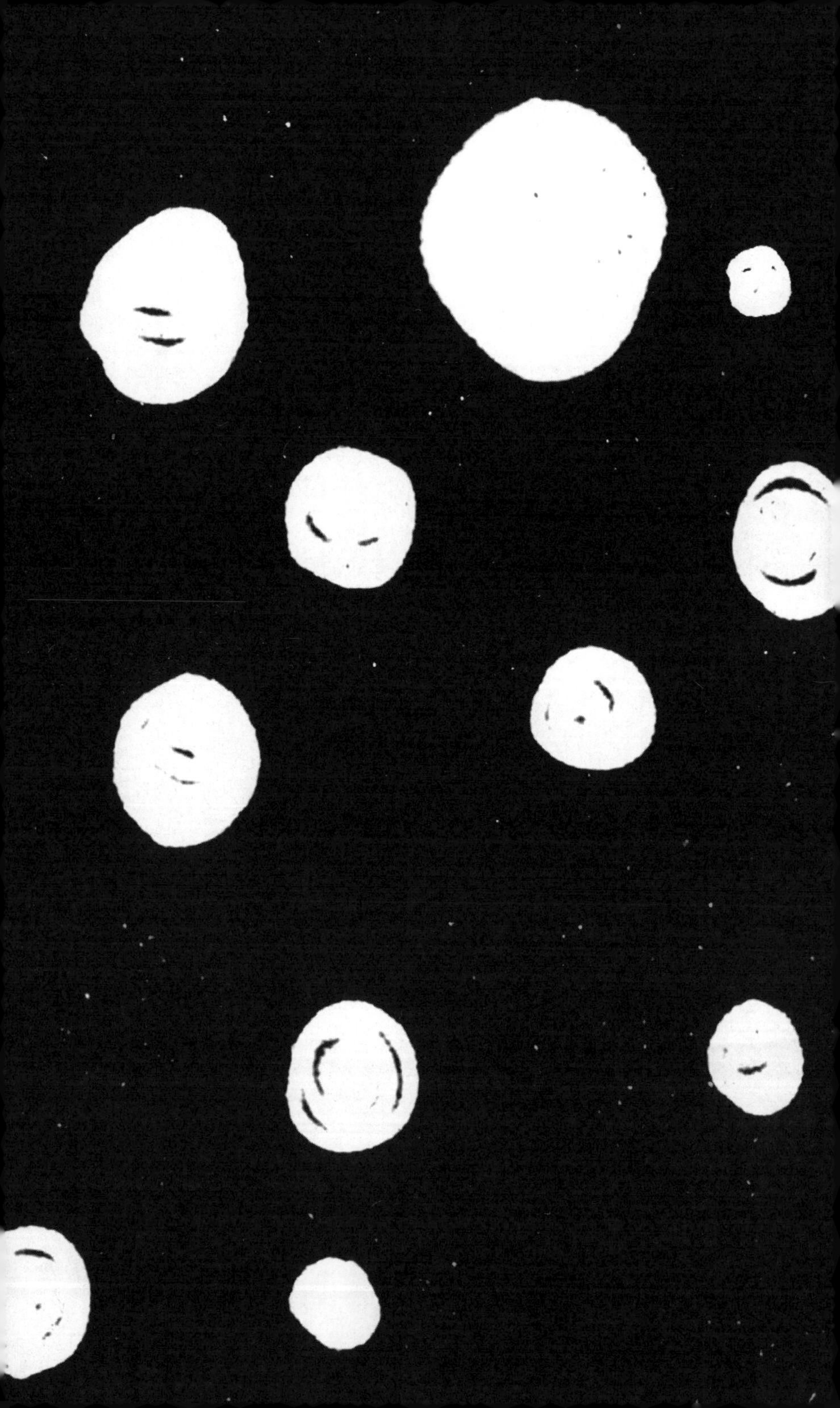

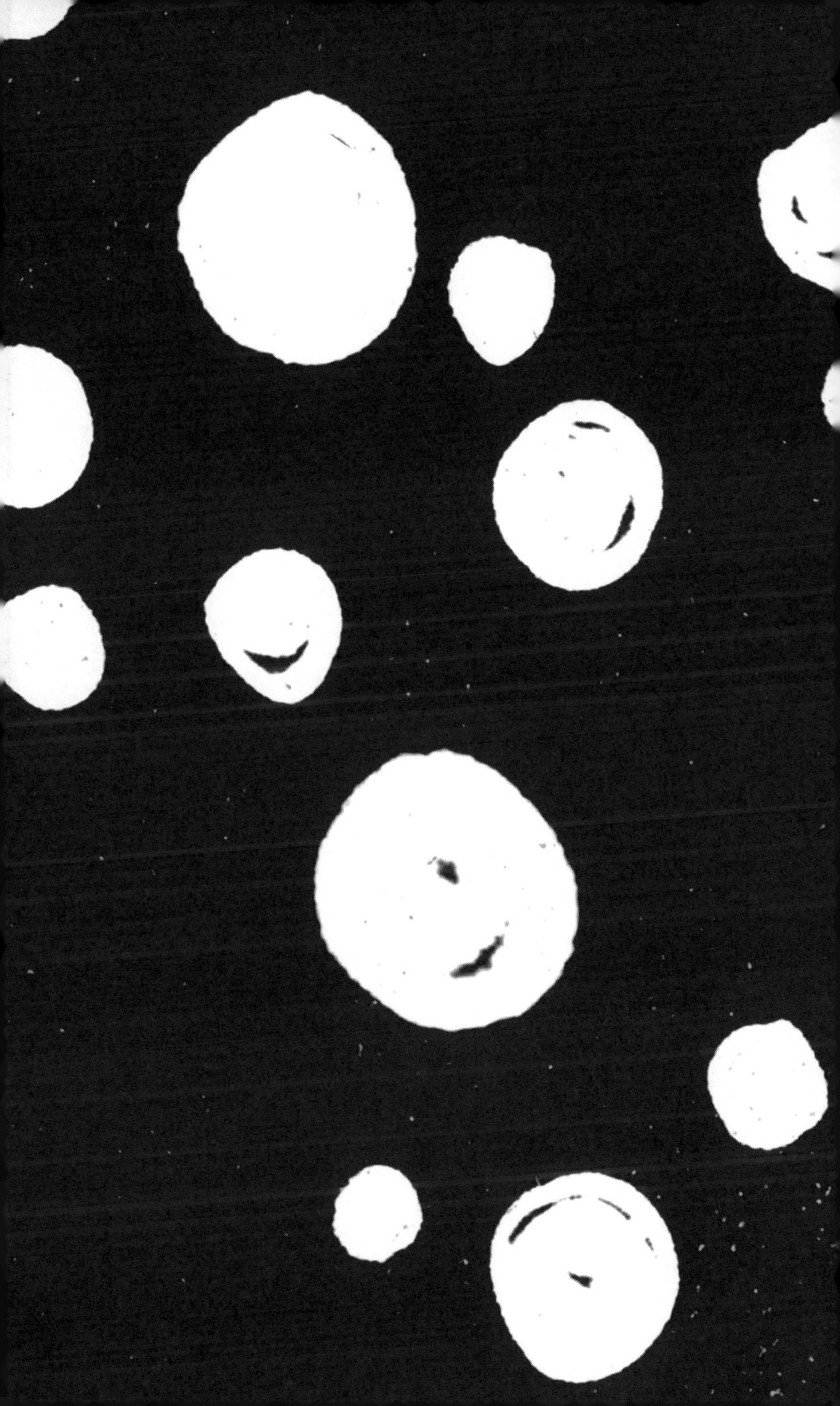

LA IAIA NO HI TOCA

José Ignacio Valenzuela

Traducció de Tina Vallès

BiraBiro

Títol original: *Mi abuela, la loca*

Primera edició: octubre de 2016
Segona edició: octubre de 2017
Tercera edició: març de 2018

www.birabiroeditorial.com
info@birabiroeditorial.com

LLEGIR EN CATALÀ BiraBiro Editorial forma part de l'Associació d'editorials independents Llegir en Català

Maquetació: Montserrat López Baget

Imprès a la UE
ISBN: 978-84-16490-48-6
Dipòsit legal: B 8237– 2018
BIC: YFB, YFN

Per a la meva iaia i la seva piga.

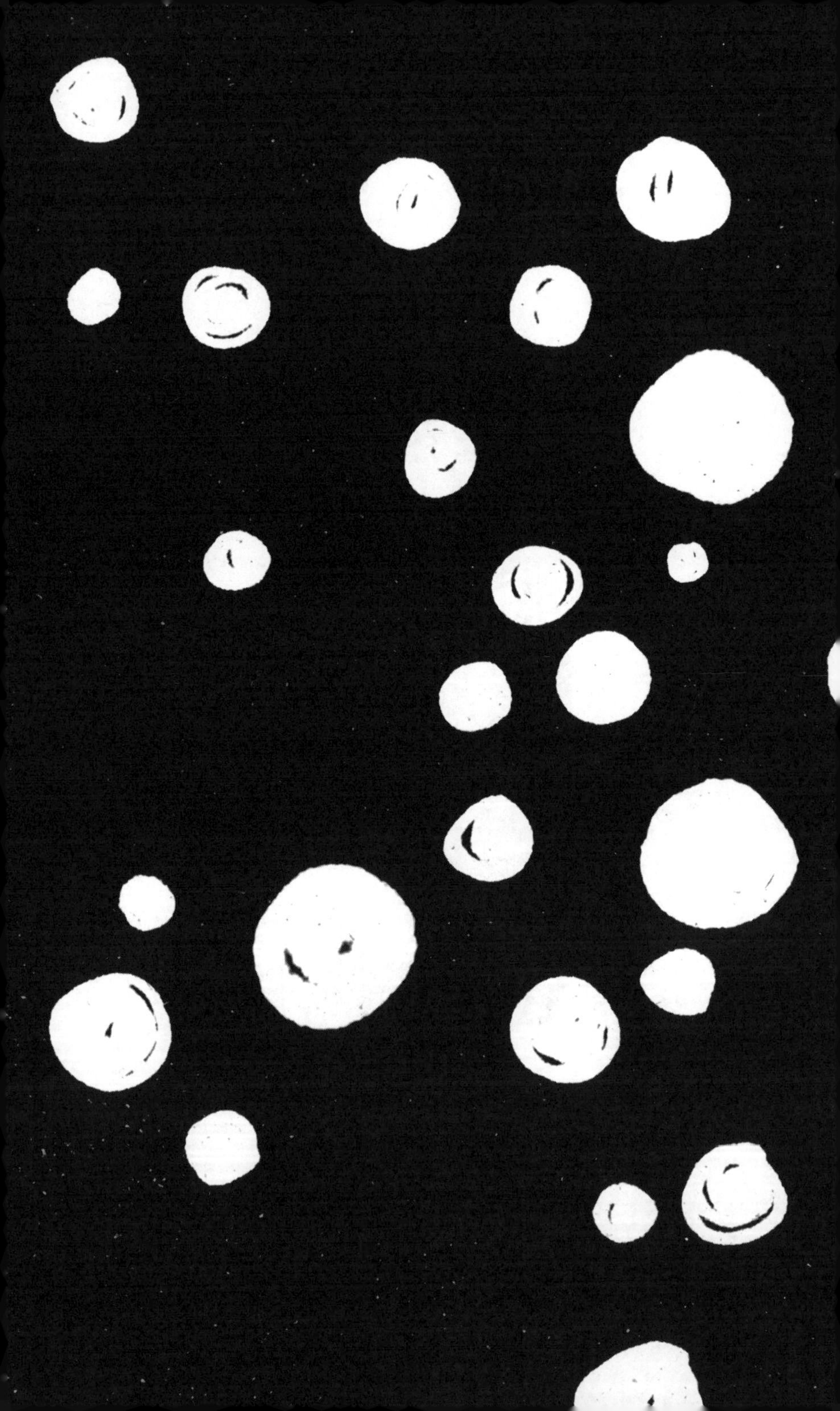

Capítol u

Tot és culpa de la iaia. Sí, tot! Perquè sempre en té la **culpa** algú, del fet que fem el que fem, oi? O del fet que ens agradi el que ens agrada. O del fet que no ens agradi el que no ens ha agradat mai.

Bé, doncs en el meu cas la responsable de tot és la iaia. I per què? Doncs senzillament perquè la iaia **NO HI TOCA**.

Segur que quan dic la paraula *iaia* immediatament tothom s'imagina una senyora encantadora, amb els cabells blancs recollits en un monyo al clatell, amb un somriure de **fada padrina** i uns ulls tan dolços com dues cuques de llum enamorades. A més, aquesta iaia que s'imagina tothom cada tarda seu en un **balancí** i fa bufandes de mitja llargues i acolorides, i se li entelen els ulls d'alegria quan la visiten els nets. I llavors, com que és una iaia molt dolça, es tanca a la cuina a fer unes **GALETES** de gingebre que serveix amb un escumós got de llet amb xocolata.

Oi que us he descrit una iaia meravellosa?

Doncs la meva iaia és **tot el contrari**.

La meva iaia té els cabells negres, molt negres. Se'ls pentina igual des del dia que la vaig conèixer, o sigui, des del dia que vaig néixer. És un pentinat una mica estrany i difícil d'explicar: és com si s'hagués esponjat els cabells des de les arrels, perquè els té molt aixecats. Quan era petit em pensava que es ficava **paper de diari arrugat a sota** de la primera capa dels cabells, perquè el seu pentinat es veiés sempre així d'inflat. Després vaig descobrir que el seu secret era posar-se litres i litres de laca cada matí per mantenir-lo al seu lloc durant tot el dia. Us confesso que de lluny el pentinat de la iaia es veu igual que el cap de **DARTH VADER**, el dolent de *La guerra de les galàxies*.

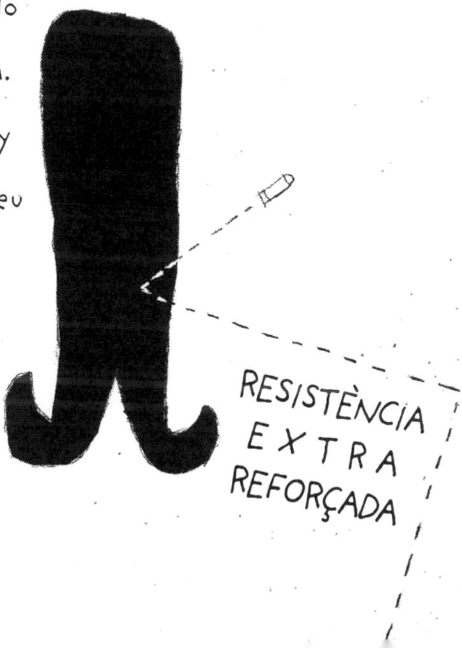

TÈCNICA
PERFECTA!

A més, per culpa de tot l'esprai que fa servir, els cabells li queden tan durs com un casc de motorista. Tan durs que he arribat a pensar que, si mai hi ha un incendi, el millor que puc fer és no moure'm del costat de la iaia. I si de sobte em veig acorralat per les flames, la solució és ben senzilla: agafo la iaia a coll i amb el seu **pentinat de pedra** puc trencar el vidre de la primera finestra que trobi.

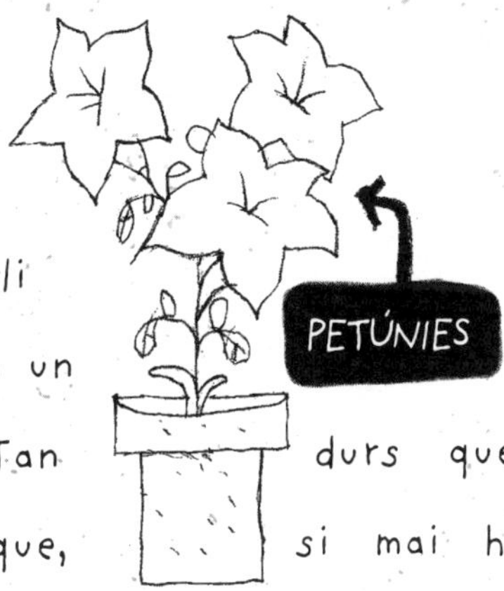

Quina sort tenir una iaia que pugui salvar-te la vida.

La meva iaia es diu Petúnia. Per si no ho sabeu, Petúnia és el nom d'una flor de colors molt bonics que sembla que visqui en una eterna primavera. Però no sé per què la mare de la iaia li va posar aquest nom. La iaia no es vesteix mai amb roba de colors. Al contrari, sempre porta faldilles o pantalons **negres**, bruses **NEGRES** i un mocador llarg al voltant del coll. El mocador també és **negre**, esclar. Tan negre com els seus cabells, o com la piga falsa que es pinta sobre el llavi superior.

Sí. Perquè a més de dur un pentinat com el casc del **DOLENT** de *La guerra de les galàxies*, la iaia es pinta una piga falsa. També diu que la vida va ser molt injusta, perquè ella és molt **més sexi que la Marilyn Monroe**. I que si hi havia algú que es mereixés aquesta piga tan bufona sobre el llavi, aquest algú era ella i no aquella actriu rossa que jugava a fer pel·lícules.

Per això cada matí, a més de ruixar-se el cap amb un pot sencer d'esprai, la iaia treu de l'estoig ple de cosmètics bruts i vells un llapis petit que sembla un pinzell.

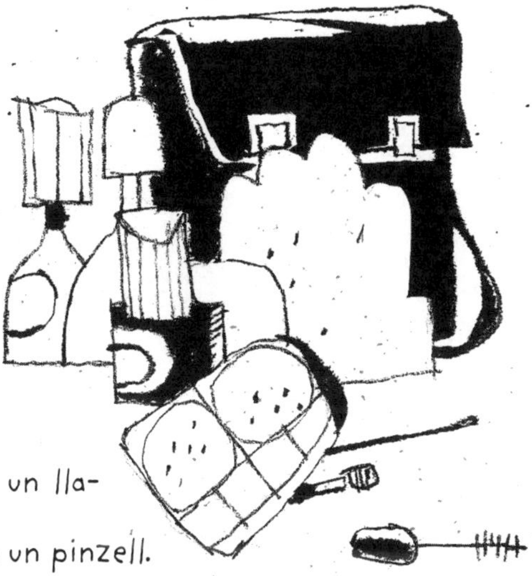

Però no és cap pinzell: és un llapis especial per pintar pigues. Llavors l'humiteja amb la punta de la llengua, el recolza un moment a la galta, fa un gir ràpid per deixar estampada la seva famosa piga falsa... **¡llestos!**

I el més important sobre aquesta piga és que el lloc on se la pinta la iaia cada dia ens indica quin és el seu estat d'ànim.

Aquesta és la seva manera de comunicar-se amb nosaltres, els seus nets. I sabem que hem de fer cas d'aquests senyals, perquè la iaia no hi toca i a les iaies que no hi toquen no se'ls ha de dur **MAI LA CONTRÀRIA**.

Si la iaia es pinta la piga a la **DRETA** del llavi superior, vol dir que està contenta. Aleshores, si la vas a veure i ella t'obre la porta i t'apareix amb la piga en aquesta ubicació, respires alleujat i entres a casa seva sabent que tot anirà bé. És un gran descans.

En canvi, si se la dibuixa al costat **esquerre**, vol dir que està trista i que el més probable és que estigui recordant el dia que es va morir l'avi, o quan un tremolor del terra li va fer miques un gerro preciós que havia sigut de la seva **REBESÀVIA**. En aquest cas el millor que pots fer és dir-li que avui **s'ha llevat molt més jove que ahir**, i així proves de fer-la somriure. Encara que he de dir que no me'n surto gairebé mai, de fer-la somriure quan té la piga al costat esquerre del llavi. Em sembla que dins del seu cap la pena sempre és més forta que l'alegria, perquè és **MOLT DIFÍCIL** fer-la canviar d'estat d'ànim.

Si es dibuixa la piga al costat dret del mentó, sota els llavis, vol dir que està **FURIOSA**, i el millor que pots fer és fugir corrents i tan lluny com puguis. Poca broma amb una iaia sonada i empipada! Jo l'he vista dues vegades amb la piga al costat dret del mentó i de debò que semblava una altra persona. El primer cop discutia amb una veïna no sé per què i va a estar a punt de **calar foc**

a casa seva només amb la mirada. La segona vegada va ser quan la perruquera es va equivocar i li va tallar els cabells massa curts. La iaia es va convertir en un **HURACÀ** i tots els presents la vam veure arribar traient foc pels queixals i tancar-se a la seva habitació mentre cridava que no en sortiria fins que no li haguessin crescut els cabells.

EN RESUM:

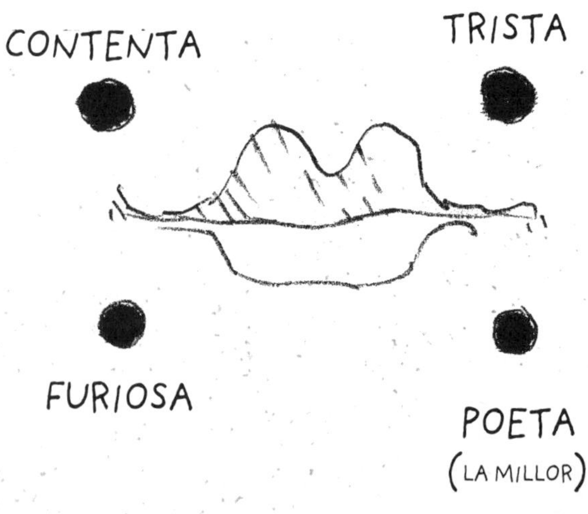

L'última **posició per a la piga falsa** és la que m'agrada més: quan se la pinta al costat esquerre del mentó, sota el llavi inferior. Això vol dir que vol estar sola per seure a escriure.

Perquè la meva iaia, **a més d'estar sonada, és poeta**.

I precisament per culpa de la poesia de la iaia, jo he acabat sent qui soc.

Capítol dos

Perdoneu si no m'he presentat abans. Em dic Vicenç i fa mooolt de temps tenia la mateixa edat que teniu vosaltres ara. I va ser llavors quan va passar el que us vull explicar.

Ja us he dit que la iaia Petúnia no hi toca, oi? Però, compte, no és d'aquelles boges que necessiten una camisa de força, ni se n'ha d'anar urgentment a cap manicomi. És una altra mena de bogeria. **Una bogeria diferent**. Una bogeria que sembla normal però no ho és. I quan ets un raret que no parla gaire ni fa gaires preguntes, es fa més difícil descobrir **DE QUINA MENA DE BOGERIA ES TRACTA**. Perquè si veus la teva iaia asseguda a la sala, parlant amb una amiga o passejant pel carrer amb una bossa del supermercat a la mà, no diries que no hi toca. No gens. Al contrari. Diries que és una senyora força normal, una mica estranya, potser, per culpa de la piga falsa que es pinta a la cara. Podries pensar que potser és una mica **excèntrica** si et fixes en el **barret verd amb plomes** que treu de l'armari en dies especials per enroscar-se'l damunt del pentinat endurit amb fixador. Fins i tot quan es tanca a la seva habitació per escriure poemes, sembla una persona normal i corrent asseguda davant d'un

vell escriptori de fusta, posant els ulls en blanc i mossegant el llapis mentre busca el que ella anomena

LA INSPIRACIÓ.

A vegades penso que només jo em podia adonar que la iaia no hi tocava.

I va ser la seva bogeria la que **EM VA CANVIAR LA VIDA**. Com? Bé, tot va començar un dia que la mare em va dir:

—He trobat feina.

Me'n vaig alegrar molt, perquè l'únic que li havia sentit dir a la mare últimament era:

—No trobo feina enlloc.

Però mentre sopàvem el pare, ella i jo va dir just el contrari i tots ho vam celebrar molt. El pare va aplaudir i **la mare va fer una reverència** mentre jo repicava amb la forquilla al got, com si fos un instrument musical.

—**I has de saber** que a partir de demà l'autobús et deixarà directament a casa la iaia —va dir la mare sense donar-me temps de reaccionar—. Ja no seré aquí per rebre't després de l'escola. Ho has entès, Vicenç?

No vaig saber què contestar. Arran del meu **SILENCI**, els dos em van explicar que quan sortissin de les seves respectives feines farien torns per venir-me a buscar a casa la iaia, i soparíem els tres junts, com

sempre. No m'havia d'amoïnar per res. La mare ja havia donat l'adreça de la iaia al conductor de l'autobús.

Abans de recollir els plats i anar cap a la cuina, la mare em va donar un consell:

—Porta't bé a casa la iaia. **JA SAPS COM ÉS.**

Sí, esclar que sabia com era la iaia. De fet, potser era l'únic que ho sabia del cert. I per això mateix no volia que em portessin a casa seva després de classe.

Aquella nit, mentre m'adormia, vaig fer molts plans pensant com evitaria que l'autobús em deixés davant de casa la iaia. Quan me la vaig imaginar sortint a rebre'm amb el seu barret verd de plomes, la piga més grossa que mai dibuixada damunt del llavi, i una **faldilla curta** que li deixava al descobert bona part de les cames, la **vergonya** que els meus companys de classe la veiessin des de dins del vehicle,

tan diferent de totes les altres àvies del món,

em va deixar sense respiració i em va fer incorporar de cop al llit. I si es posava a recitar un dels seus poemes al mig del carrer, mentre jo baixava de l'autobús?

Ho recitaria a tot volum, amb un somriure burleta, i només per obligar-me a entrar de pressa a casa seva i evitar exposar-se gaire estona als raigs del sol.

Us ho he dit, oi, que la iaia no pren mai el sol perquè no se li arrugui la pell? És que no li agrada tenir l'edat que té, per això **sempre que l'hi demanen menteix**.

No. No podia permetre que la iaia m'arruïnés la resta de la vida. I encara menys davant de tots els meus companys d'escola!

Qui havia de dir que passaria just el contrari... Però, esclar, jo no podia pas **endevinar el futur**.

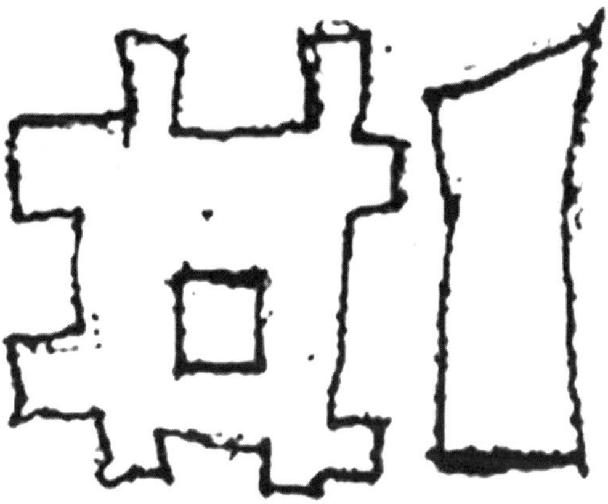

Capítol tres

Les cortines de casa la iaia sempre estan tancades. Sempre. No li agrada que entri la llum del sol pels finestrals enormes de la sala ni de la seva habitació, perquè diu que la tela dels sofàs es descoloreix i que la pell dels humans s'omple de **TAQUES I ARRUGUES**.

Tant la tela dels seus sofàs com la pell de la cara deuen ser molt, molt importants per a ella, perquè no ha permès mai que ningú obrís les **cortines**.

Bé, sí, una vegada sí que les va obrir, i va ser per culpa meva. Però això ja us ho explicaré més endavant.

Com que els raigs de sol mai no van poder entrar i recórrer els passadissos i les habitacions, l'interior de casa la iaia va ser sempre **FRED I OMBRÍVOL**. Era com si un hivern etern s'hagués quedat instal·lat per sempre entre aquelles parets, cosa que a ella semblava que li agradava molt. Això li permetia portar en qualsevol època de l'any els seus pantalons negres gruixuts i una llarguíssima bufanda que li feia joc amb el barret verd de plomes. El mateix barret amb què sortia a rebre'm cada cop que l'autobús escolar em deixava davant de casa seva. Jo en baixava atabalat, **esquivant amb habilitat les bromes** dels meus companys, que se'n reien a crits i l'assenyalaven a través dels vidres de les finestres, tota ella tan tibada amb la seva piga falsa i el pentinat de Darth Vader davant de la porta.

—Bona tarda, fillet —solia saludar-me—. **Has guanyat cap premi avui a l'escola?**

Una cosa que no us he dit és que la iaia sempre va tenir una gran obsessió per guanyar un premi, encara que, pel que sé, no n'hi van donar mai cap. Cada cop que acabava un poema, exclamava plena d'esperança:

—Amb aquests versos sí que guanyaré un premi!

Però el premi no va arribar. Mai. Desil·lusionada amb els jutges que no li reconeixien el talent, va passar a dipositar totes les esperances en els seus fills. Però com que ells no van estar mai interessats a escriure ni un sol vers i encara menys tot un poema, tampoc van guanyar cap premi. Aleshores a la iaia només li va quedar confiar que entre els seus nets hi hagués un possible poeta que algun dia destaqués en un certamen literari, i que l'omplís, a ella, d'orgull i satisfacció.

Si hem de ser sincers, les coses no pintaven gaire bé per a les **ànsies de reconeixement** de la iaia.

Un dia l'àvia va entrar per sorpresa a la sala mentre jo feia els deures assegut al sofà. Us he de dir que els rarets com jo, invisibles i callats, som els millors complint amb les nostres obligacions escolars. No ens cal que ningú ens empenyi a obrir les motxilles per treure'n les llibretes i els llibres. Ens podem passar **tota la tarda fullejant el diccionari** per trobar la paraula exacta per a un exercici. A més, no incomodem ningú: com que no fem cap soroll ens camuflem i dissimulem perfectament, i el màxim desordre que podem crear és l'escampada de llapis per subratllar amb diferents colors el més important de cada lliçó.

I jo sempre he sigut un raret.

EL REI DELS RARETS.

La iaia va travessar la sala de casa seva, ferma i decidida. Amb cada pas que feia, el mocador de seda negra li aletejava com una papallona vídua al voltant del coll. Llavors es va aturar un moment, com si estigués a punt de dir-me alguna cosa. Vaig veure que premia els llavis. La piga falsa se li va arrugar entre les comissures, **es preparava per llançar una exclamació**. Vaig pensar que em recitaria el seu últim poema o bé que em renyaria per haver deixat la motxilla bruta damunt del sofà que tant protegia dels raigs de sol. Però no. Per sorpresa meva, va avançar cap a la finestra i amb un moviment decidit **VA FER CÓRRER LA CORTINA.**

Aleshores el **sol** va entrar per primer cop a casa seva. Tot es va veure diferent quan aquella llum groga i brillant va tocar amb respecte i suavitat els objectes, els mobles, les parets i les catifes. El que sempre m'havia semblat opac i fosc de sobte es va veure vibrant i acolorit. Vaig descobrir que les parets eren d'un color rosa suau i no del to gris que m'havia semblat veure fins llavors. I quan començava a descobrir la varietat de tons en els dibuixos dels coixins del sofà, la iaia se'm va atansar i em va clavar una mirada tan negra i rodona com la piga falsa de sobre el llavi.

—**QUÈ VEUS ALLÀ FORA?** —va preguntar.

Un dels seus dits va assenyalar el jardí que, per primer cop, s'apreciava a través dels vidres immaculats de l'enorme finestral de la sala.

Jo sabia que la iaia no hi tocava. Però semblava que aquell dia estava **pitjor que mai**. Vaig estirar el coll i vaig deixar que els meus ulls recorreguessin un moment el pati que no visitava mai ningú, perquè la iaia no deixava que les sabates se'ns embrutessin amb la terra molla de la gespa a l'estiu, o que la roba se'ns omplís de fulles seques a l'hivern. Però ara, sense les cortines, vaig poder apreciar la gran heura enfiladissa que cobria la paret del fons, i una llarga filera de flors que vorejava la terrassa.

—Digues, què hi veus? —va insistir.

—Un jardí —vaig contestar, encara que ja intuïa que no era la resposta que ella necessitava.

—Un jardí, sí. Molt bé —va assentir—. **CELEBRO QUE PER FI PARLIS,** noiet!

Els rarets som així: silenciosos. Preferim escriure, sumar, restar, llegir els nostres llibres d'història, el que sigui abans que parlar. Que potser no ho entenia, això, la iaia?

—I què hi veus, al jardí? —va tornar a preguntar.

Vaig deixar que la vista em saltés de l'heura a les flors. De les flors a la gespa. I de la gespa a l'arbre enorme que creixia al mig del pati. Un arbre tan gran que semblava **un enorme paraigua de fusta** cobert de fulles.

—Un arbre —vaig dir. I el somriure a la cara de la iaia em va fer saber que aquest cop havia dit el que ella esperava que digués.

—Sí, un arbre —va afirmar—. I com descriuries un arbre, Vicenç, sense dir les paraules *tronc i branques*?

Es va fer el silenci. Vaig pensar que la iaia s'havia trastocat encara més, però m'estranyava que ningú no me n'hagués avisat. Encara que, no sé per què, sempre era jo qui s'adonava de la seva bogeria, perquè ni els pares ni els tiets, ni tampoc els cosins, en parlaven. Com podria **DESCRIURE UN ARBRE SENSE DIR LES PARAULES TRONC I BRANQUES** si el que fa que un arbre sigui un arbre és precisament que té tronc i branques?

—No es pot, iaia —vaig respondre amb un sospir.

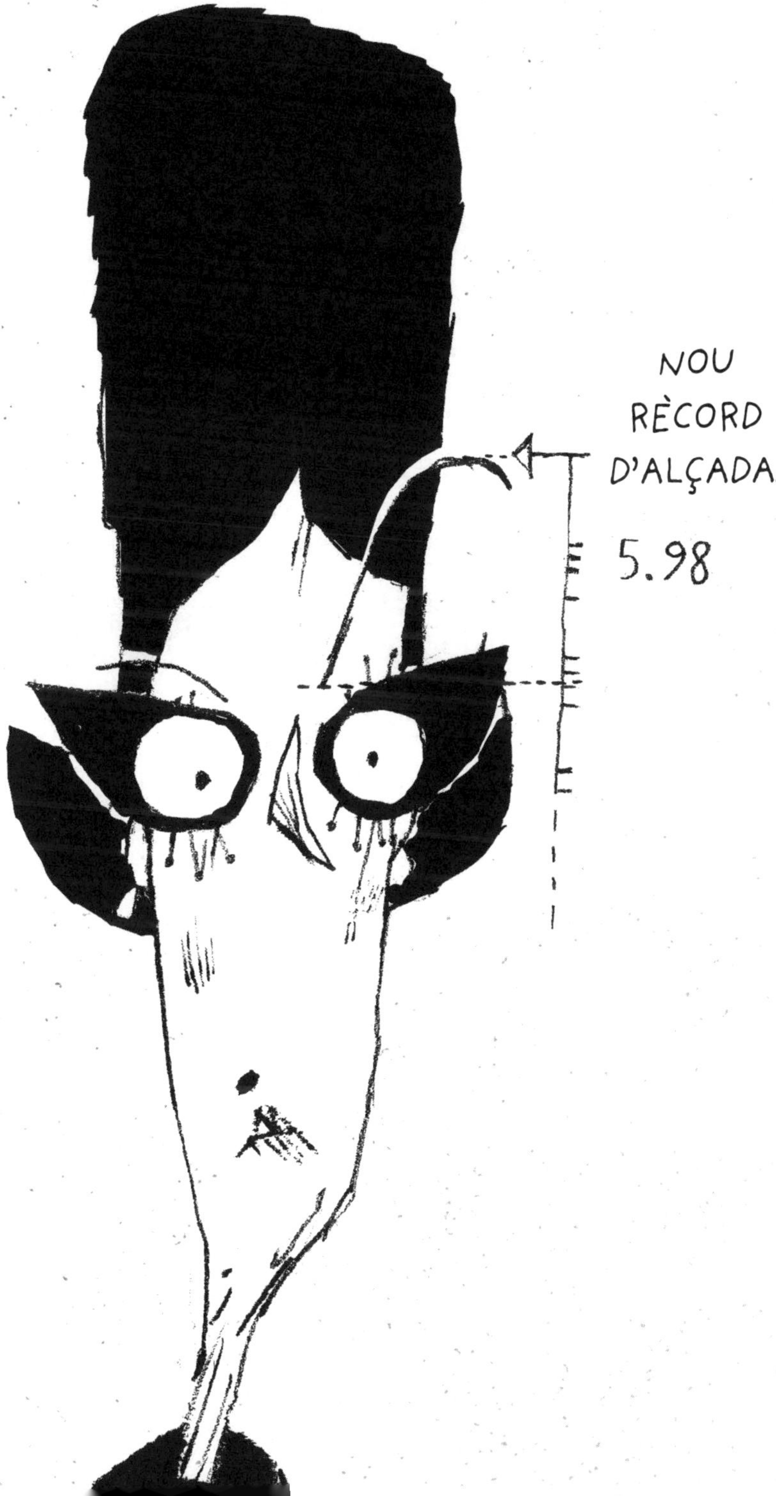
NOU
RÈCORD
D'ALÇADA!
5.98

La iaia va aixecar una cella. Només una: l'esquerra. I ella **sempre aixeca aquella cella** quan està a punt d'empipar-se, quan una cosa la molesta tant que fins i tot valora l'opció d'**ESBORRAR-SE LA PIGA** per tornar-se-la a pintar al costat dret del mentó, sota la boca. I com ja us he dit abans, jo només l'he vista dues vegades amb la piga en aquest lloc i va ser **terrible**. No, no estava disposat a provocar una tercera vegada.

—Estic pensant! —vaig aclarir, i vaig deixar que la vista em pugés i em baixés per l'enorme arbre que seguia immòbil al mig del pati, sense imaginar-se tot el que la seva presència havia provocat a l'interior de la casa.

Vaig obrir la boca i **vaig deixar que la meva llengua parlés.**

Llavors van començar a sortir paraules que no sé de quina part del cos em venien, però imagino que em sortien del cor, perquè les vaig dir tan sincerament com vaig poder:

—Serveix si dic que un arbre és un gegant de fusta que obre molt content els seus braços plens de fulles cap al cel...?

La iaia es va quedar una estona en silenci. Muda. Sense bellugar-se. Va obrir una mica més els ulls, i això que ella gairebé no els obre per **NO ARRUGAR-SE MÉS DEL COMPTE**. Va fer que sí amb el cap i la veu li va sonar desafinada quan va dir:

—Sí que serveix. Esclar que serveix. Serveix, i molt!

Estic segur que aquell dia, just aquell dia, vaig deixar de ser un raret invisible i la iaia em va veure, **EM VA VEURE REALMENT!**, per primer cop.

I, esclar, a partir d'aquell dia vaig passar a ser el seu net preferit.

Capítol quatre

El pitjor que et pot passar quan tens una iaia sonada és que els altres se n'adonin. Sobretot si els altres són els teus companys de curs, els mateixos que es riuen de tu perquè no t'agrada jugar a futbol a l'hora del pati i prefereixes quedar-te a classe, o assegut còmodament en un passadís, llegint una vegada i una altra el teu llibre preferit. L'única vegada en la meva vida que vaig jugar a pilota, **vaig**

ensopegar amb els meus propis peus poc després que començés el partit i vaig acabar a l'hospital, amb una dent trencada i uns quants punts al llavi. A més, sempre he sigut al·lèrgic a l'herba i quan començo a esternudar no hi ha qui pugui aturar **L'ESCÀNDOL** ni les **SACSEJADES DEL COS**.

No, no estic fet per als esports.

Per això quan l'autobús escolar, amb tots els meus companys a dins, es va aturar davant de casa de la iaia Petúnia i vaig veure que ella ja havia sortit, i era gairebé al carrer, esperant-me amb un somriure i la piga falsa pintada més negra que mai, em vaig posar **nerviós immediatament**. Normalment ella espera que l'autobús faci sonar el clàxon, o que jo truqui al timbre, per obrir-me i deixar-me entrar.

MODALITAT:
IAIA
CONSENTIDORA

Però aquest cop les coses van ser diferents.

Bé, la veritat és que **tot va ser diferent** des del dia que la iaia va obrir la cortina de la sala i em va fer mirar el jardí. Exactament des del moment que li vaig dir que un arbre és un gegant de fusta que obre els seus braços plens de fulles cap al cel. Des d'aquell dia, els ulls de la iaia em van mirar molt més. Fins i tot em va començar a oferir **GALETES I SUC** quan acabava els deures i em quedava sense fer res.

—Mira què et porto de premi per haver estudiat tant! —deia, i la piga falsa semblava que li ballés de gust sobre el llavi superior.

Sí, sens dubte la iaia cada dia hi tocava menys.

Quan la vaig veure a la vorera, molt somrient i amb el barret verd sobre el pentinat de Darth Vader, de seguida vaig saber que en passava alguna. Durant uns segons vaig dubtar si baixar o no de l'autobús. Però quan vaig sentir les primeres **RIALLADES** dels meus companys, que es van amorrar als vidres de les finestres per veure-la millor, vaig entendre que havia d'actuar de pressa. No pensava deixar que seguissin burlant-se de mi, i ara per culpa de la iaia.

Ella va començar a fer-me senyals amb les dues mans perquè baixés. Semblava que tingués pressa. Per què devia tenir tanta ànsia que entrés a casa seva de seguida?

CLAC CLAC

CLAC

CLAC

—Vinga, que anirem al parc! —va dir entusiasmada de seguida que vaig posar el primer peu a l'asfalt. La iaia em volia dur a un parc? A mi?

Ni tan sols sabia que la iaia estigués al cas que hi havia un parc a pocs carrers de casa seva.

Sense que jo hi pogués fer res per impedir-ho, la iaia va començar a caminar carrer avall. No vaig tenir altre remei que seguir-la, a ella i a la ploma verda del seu barret, que oscil·lava a cada pas i **M'INDICAVA LA RUTA** com l'agulla d'una brúixola.

—Oh dolç ocell gris, quin bell cant el teu, vora la finestra et sento —va anar recitant durant els tres carrers que vam recórrer junts—. I en un **xiuxiueig de ploma i seda** et veig aletejar...

Què passava? Què feia la iaia caminant tan somrient sota els raigs de sol, que havien sigut **el seu pitjor i més terrible enemic** fins aleshores? En quin moment havia decidit estimar-me d'aquella manera tan estranya que la feia sortir a passejar amb mi pel barri i deixar enrere l'ombra protectora de casa seva?

—Mira! —va assenyalar quan vam arribar a la gran plaça que lluïa una herba ben verda, flors de tots els colors i l'estàtua d'un senyor molt seriós que mirava a l'horitzó amb ulls d'aventurer.

Vaig seguir amb la vista el rumb que marcava el seu dit. A uns metres de distància vaig veure uns nens de la meva edat que jugaven a enlairar un estel immens per damunt dels cables elèctrics i les capçades dels arbres. Un estel que **flamava com un ocell** i feia voltes de dreta a esquerra i de dalt a baix. Un estel que em va hipnotitzar

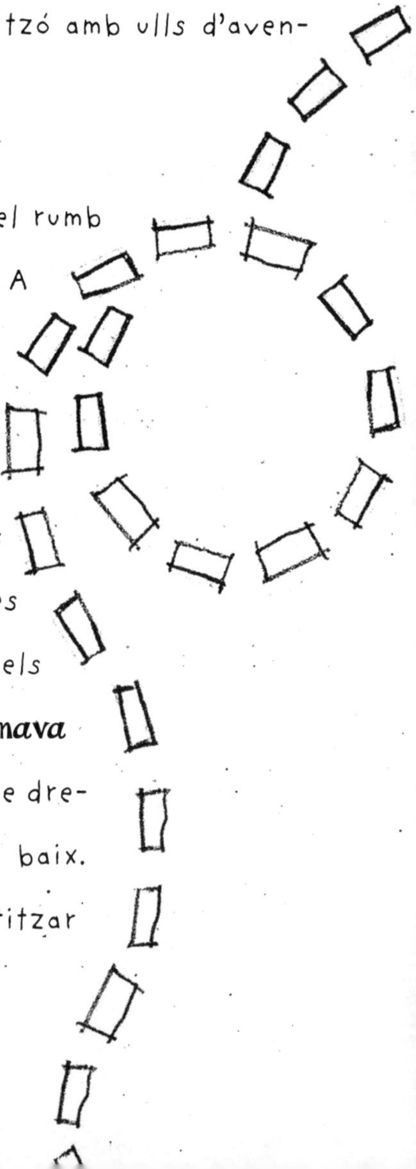

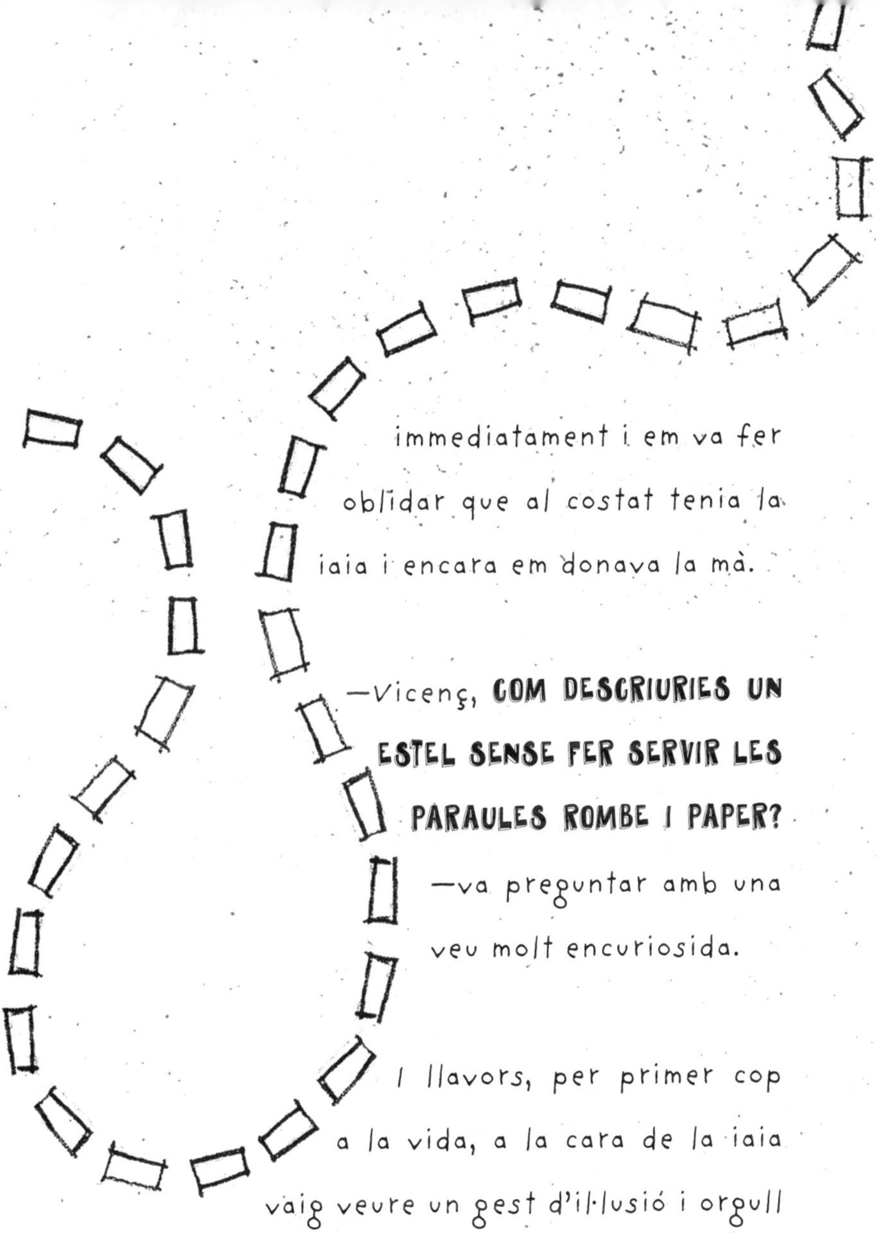

immediatament i em va fer oblidar que al costat tenia la iaia i encara em donava la mà.

—Vicenç, **COM DESCRIURIES UN ESTEL SENSE FER SERVIR LES PARAULES ROMBE I PAPER?** —va preguntar amb una veu molt encuriosida.

I llavors, per primer cop a la vida, a la cara de la iaia vaig veure un gest d'il·lusió i orgull enormes pel que jo pogués contestar-li. L'esperança que les meves paraules li tornessin a

provocar un sentiment de satisfacció em va espantar durant uns segons, però també em va omplir d'alegria. Mai ningú no havia esperat res de mi d'una manera tan evident. La iaia va aclucar els ulls, va prémer els llavis i va retenir la meva mà dins de la seva. Fins i tot l'estel que voleiava pel cel va semblar que decidia fer una pausa en plenes **tombarelles i filigranes**, disposat a escoltar la meva resposta.

Vaig obrir la boca i vaig deixar, un cop més, que fos la llengua la que parlés:

—Serveix si dic que un estel és un pedaç de color cosit a la pell del cel? —vaig murmurar sense estar gaire segur de l'**EFECTIVITAT DE LES MEVES PARAULES.**

La resposta de la iaia va ser començar a caminar. Un cop més, la ploma del seu barret em va fer senyals perquè la seguís. Sense entendre què passava, vaig avançar darrere seu i la vaig acompanyar fins a una llibreria que hi havia just al carrer de davant del parc. Des de la porta, sense gosar entrar-hi, la vaig veure parlar amb la venedora, que es va allunyar uns quants passos i va tornar amb una cosa entre les mans que no vaig aconseguir veure. La iaia Petúnia va fer que sí i es va girar per mirar-me amb el somriure més gros i lluminós que ningú m'hagi dedicat mai.

—Té, Vicenç, això és per a tu —va dir ben solemne—. És un premi per ser com ets.

Va resultar que el regal era una preciosa llibreta de tapes verdes i pàgines quadriculades, una llibreta que vaig guardar amb zel durant molts, moltíssims anys, al calaix del meu escriptori. I sí, és la mateixa llibreta que vaig fer servir per a un dels meus llibres més importants. La mateixa llibreta on vaig escriure sense pausa fins

que no hi va haver més espai per anotar-hi res. La mateixa llibreta que, de tant dur-la a la motxilla o tenir-la a la tauleta de nit, es va convertir en la meva millor amiga.

Com m'agradaria poder-ho explicar a la iaia. Però, esclar, això ja és impossible.

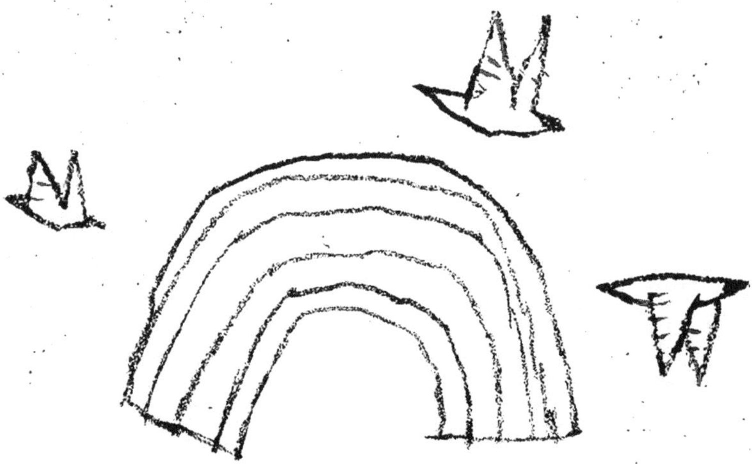

Capítol cinc

Ara l'únic que vull cada dia és que les classes s'acabin ben de pressa per anar-me'n corrents a casa la iaia. Ja ni sento les rialles i les burles dels meus companys a l'autobús durant el trajecte cap a casa seva. Quan veig la piga i la ploma verda que em saluden des de l'asfalt, em venen ganes de riure.

Potser és per això que ara somric molt més que abans?

Capítol sis

EN VICENÇ ÉS UN POETA!

I va resultar que un dia, així, sense avisar, la iaia va anunciar als meus pares que jo era un poeta.

Havien vingut a buscar-me una nit després de les seves respectives feines, cansats i amb ganes de marxar de seguida cap a casa per sopar i anar-se'n a dormir.

Però la iaia Petúnia els va retenir a la porta i, després d'anunciar-los amb una veu molt seriosa que els havia de dir una cosa molt important, els va convidar a entrar.

—**Ha passat res que jo no sàpiga?** —va demanar la mare, espantada.

—Esclar que sí. Han passat una pila de coses, filla —va respondre la iaia.

—Bones? —La mare estava cada cop més pàl·lida.

La piga de la iaia va semblar que somreia sobre el llavi superior. Quan els pares i la iaia van entrar a la sala, em van veure assegut al sofà, **NERVIÓS I ABRAÇAT A LA MEVA MOTXILLA** plena de llibretes i llibres, intuint que estava a punt de passar-ne una de grossa.

—**Què has fet!?** —va exclamar el pare i va avançar amenaçador cap a on jo estava assegut.

No vaig saber què contestar. Alguna cosa em confirmava que, en efecte, les coses havien canviat per sempre entre la iaia i jo. Des que vam descobrir que ens distrèiem **jugant junts** a descriure de maneres poc habituals paraules tan comunes com *arbre*, *estel*, *sol* o *ocell*, la meva iaia sonada semblava que cada cop gaudia més de la meva presència a casa seva.

I he de dir que jo també m'ho passava molt bé amb ella.

De seguida que baixava de l'autobús de l'escola i ella m'obria la porta perquè entrés, m'acompanyava **SALTIRONANT PLENA D'ENTUSIASME** fins a la sala, on em feia seure còmodament entre coixins i em portava un suc i unes galetes. Després em deixava en pau perquè fes els deures. Tot i que fingia que se n'anava a fer coses seves al pis de dalt, jo la veia **de cua d'ull** guaitant cada quinze minuts per comprovar si ja havia acabat els deures de Matemàtiques o d'Història. Quan per fi em veia desar les llibretes, entrava a la sala amb un somriure enorme i, amb un gest de **directora d'orquestra**, assenyalava el jardí. Llavors tots dos sortíem a jeure a l'herba per començar a jugar.

Mentre que altres avis i nets jugaven amb una pilota, o amb nines, o amb baldufes, o amb cotxes de joguina, **NOSALTRES JUGÀVEM AMB LES PARAULES.**

Aquella mateixa tarda, de fet, el dit de la iaia, llarg i prim com la branca d'un arbre mig sec, havia assenyalat una papallona que va enlairar-se per sorpresa des d'una de les flors del pati.

—Vinga, Vicenç! —em va apressar amb entusiasme—. Com descriuries una papallona sense dir *ales* ni *colors*?

Vaig deixar que les meves pupil·les seguissin el delicat moviment d'aquelles ales quasi transparents però tan vibrants alhora. **PLAF. PLAF. PLAF.** feia el seu moviment. Un cop més, les

paraules van arribar sense que hagués d'esforçar-me gaire:

—**Serveix si dic** que una papallona és l'aplaudiment d'un petit arc de Sant Martí que sura al cel? —vaig contestar.

Ella, com sempre, no va dir res. Però va semblar que els seus ulls aplaudien com la papallona, que va aletejar a prop nostre uns segons abans de perdre's entre les branques de l'enorme arbre del pati.

Però com li podia explicar al pare el que passava entre la iaia i jo, si ni jo mateix ho entenia?

—Contesta! —**va tornar a bramar el pare**—. Què has fet perquè la teva àvia vulgui parlar amb nosaltres!?

—Res. El meu net no ha fet res —va dir ella ben seriosa—. Us he de donar una notícia. I necessito que m'escolteu atentament.

Quan la mare, espantada, va agafar la mà al pare, se li va esborrar el color vermell de la boca. Sempre li passa quan es posa nerviosa. Des que jo era ben petit. Suposo que com que és filla de la iaia també li passen coses poc comunes, coses estranyes que no els passen a la majoria de persones. Recordo que l'única vegada que vaig jugar a pilota, ja us ho he explicat, vaig ensopegar amb els meus propis peus i **vaig aterrar d'una patacada**. Quan em vaig aixecar, vaig veure un toll de sang a terra. Immediatament vaig sentir un gust amarg a la boca i la llengua se'm va ficar en un forat nou entre les dents. Quan vaig alçar el cap, vaig descobrir que la mare havia sortit esperitada de casa en sentir el meu crit de dolor. Va fer uns ulls com unes taronges, aterrida de veure'm en aquell estat, i immediatament els llavis se li van tornar tan pàl·lids com els d'un fantasma. O els d'un **zombi nou de trinca**. O els d'un vampir que encara no ha començat a xuclar sang a la gent. Va ser el primer cop que vaig descobrir que tenia aquest estrany poder. Li va tornar a passar un dia que de poc no m'atropellen quan li vaig deixar anar la mà i vaig voler travessar el carrer tot sol. O quan la van fer fora de la feina.

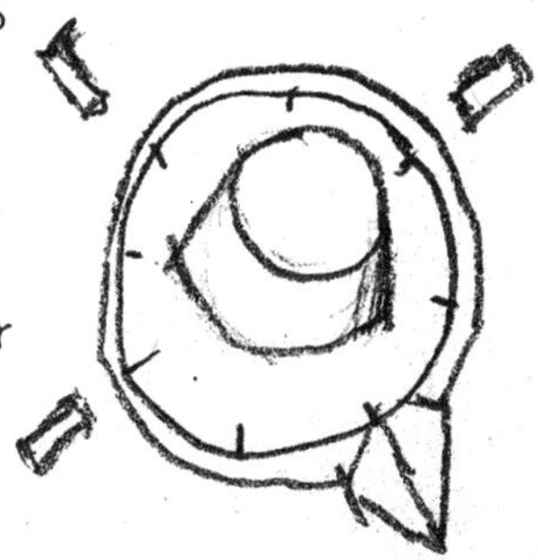

—En Vicenç és un poeta —va anunciar la iaia, i va obrir

els braços com un actor quan s'acaba l'obra de teatre i espera que caigui el teló.

El pare i la mare es van quedar en silenci absolut i amb cara de «i ja està?». Jo vaig poder sentir uns grills que feien **CRI-CRI CRI-CRI** al jardí.

—Això és el més important que ha passat mai a la família —va continuar la iaia Petúnia en veure que ningú no deia res—. Aquest nen és un veritable artista!

—Entesos. **El pare de l'artista està afamat** i cansat —va dir el pare mentre badallava—. Podem marxar ja?

La iaia va córrer cap a la porta de la sala amb els seus cabells negres i endurits sacsejant-se

a cada gambada, i els va barrar el pas amb el cos.

—**D'aquí no marxa ningú** fins que no em jureu que en Vicenç seguirà venint cada dia, fins i tot quan s'hagi acabat l'escola! —va exigir—. Ell i jo encara tenim moltes coses per fer junts. Oi que sí, fillet? —em va dir picant-me l'ullet.

Jo vaig fer que sí sense pensar-m'ho gens.

Capítol set

Tanca els ulls, Vicenç —em va dir la iaia—. Però ben tancats.

—Així?

—No, sense fer trampa. Ja els has tancat?

—Sí.

—Molt bé. Ara allarga les mans cap a les flors que tens al costat. Sense mirar!

—Entesos. Què més...?

—Molt bé. Així. Passa els dits pels pètals amb suavitat. Els sents? Sents els pètals de la rosa que estàs tocant?

—Sí...

—Descriu-me el que sents.

—No et puc descriure res amb els ulls tancats, iaia.

—I qui t'ha ensenyat aquesta mentida? —va exclamar de sobte amb un to de veu més dur—. Això no és veritat. De fet, les coses es descriuen millor amb els ulls tancats. I saps per què?

—No...

—Perquè llavors les descrivim amb el cor i no amb els ulls. Els ulls enganyen, Vicenç. Menteixen. Confonen. Però el cor no s'equivoca mai. M'entens?

—Més o menys, iaia.

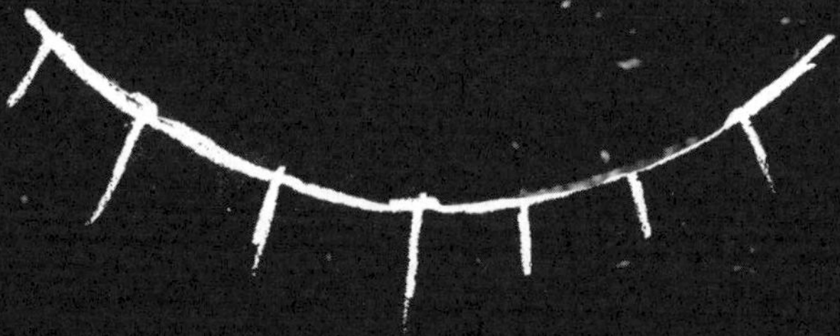

—A veure... Descriu-me la flor que estàs tocant només amb els teus sentits.

—Està una mica freda...

—Molt bé. Què més?

—És suau... Molt suau.

—I de quin color és aquesta suavitat?

—Ai, iaia, que la suavitat no és de cap color.

—Esclar que sí.

—Sí...?

—El que passa és que la gent no se n'adona. Però els nens com tu, sí, perquè sabeu mirar amb el cor, i no solament amb els ulls. Va, digues. De quin color és aquesta suavitat...?

—És... No ho sé...

—Esclar que ho saps, Vicenç! —va insistir.

—Groga...?

—Una suavitat groga.

—Sí, iaia. És groga.

—M'agrada. I per què és groga?

—Perquè la suavitat està feta de sol, com la flor.

—Molt bé, Vicenç, molt bé. Sabia que no em decebries!

—Què vol dir *decebre*?

—Decebre és quan totes les esperances i les il·lusions que has dipositat en algú no han valgut la pena... I et quedes trist perquè aquella persona, d'alguna manera, t'ha fallat.

—I jo no t'he fallat, iaia?

—Tu? Al contrari, fillet! Al contrari! —va contestar, i em va acariciar els cabells—. No obris els ulls.

—No, no els obriré.

—Sents el vent, ara?

—Sí, esclar que el sento.

—On el sents?

—Als cabells... A la cara...

—I què et diu el vent?

—El sento riure.

—Sí...? Per què?

—Perquè les branques dels arbres li fan pessigolles. I ell en té moltes. Ho saps que al vent li agrada molt riure?

—No, Vicenç, no en tenia ni idea.

—És molt alegre, ell, iaia. Per això sempre bufa, són les seves rialllades. Aire pur.

—I de quin color és el vent?

—És verd, perquè es tenyeix de les fulles dels arbres quan les toca.

—Esclar, no se m'havia acudit mai. El vent és verd.

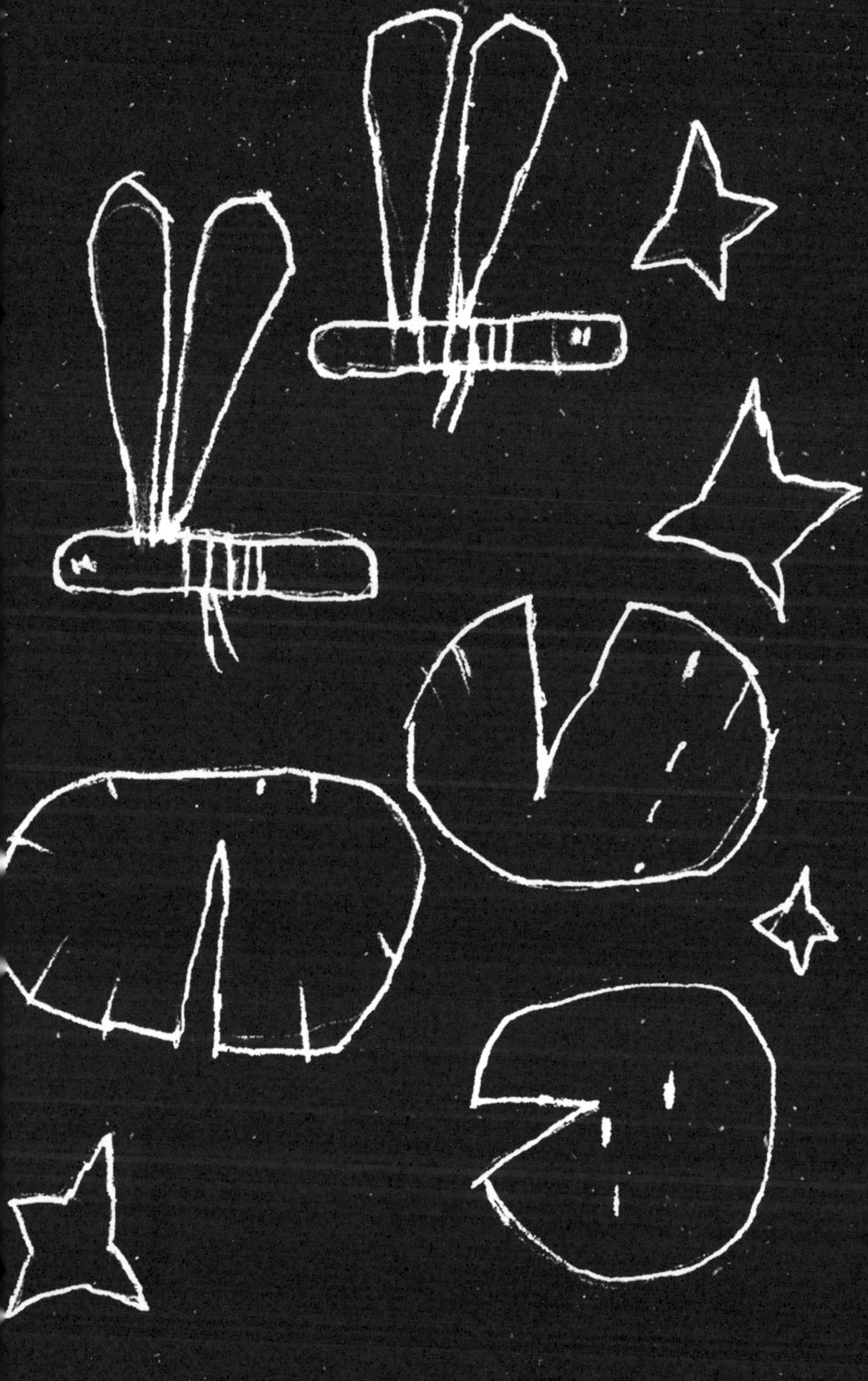

—I ara el veig, iaia, encara que tingui els ulls tancats! El vent viu a l'altra banda dels turons. Casa seva és allà. I cada matí es lleva rient, perquè és molt alegre...

—Sí, ja m'ho has dit, això.

—I llavors comença a fer la seva feina, que és recórrer el món per fer que la gent rigui amb ell. I li agrada endinsar-se en els boscos, perquè allà riu més...

—Per les branques dels arbres, oi?

—Exacte, iaia! Li agrada que li facin pessigolles!

—I com és la veu del vent?

—La veu del vent és transparent. Sona com una campana de gel...

—M'encanta, Vicenç!

—Veig tantes coses quan tanco els ulls.

—Sí, amb els ulls tancats es veuen moltes més coses que amb els ulls oberts.

—I per què no m'ho havia dit mai ningú, això, iaia?

—Perquè això no ho sap tothom —em va contestar en un xiuxiueig—. Per això hi som, les àvies. Sobretot les que no hi toquem.

—No ho diguis, això.

—Que no és el que tothom pensa de mi? Que no hi toco?

—Que puc obrir els ulls, ja?

—No, encara no. No facis trampa. Tu creus que no hi toco, Vicenç?

—Una mica.

—Que bé.

—T'agrada estar sonada?

—Més aviat no m'agradaria ser com les altres àvies. A mi em diverteixen unes altres coses...

—Com pintar-te una piga a la cara.

—Exacte. O seure a pensar de quin color és l'alegria.

—L'alegria és vermella, iaia.

—Vermella!

—Sí, vermella com un cor que batega ben de pressa de pura felicitat.

—Et puc dir una altra cosa, Vicenç?

—Sí.

—Tu també estàs una mica sonat.

—Ho dius seriosament?

—Sí. És la cosa més seriosa que he dit en ma vida. I ja pots obrir els ulls.

Capítol vuit

Aquella nit se'm va fer molt tard pensant que la iaia tenia la culpa de tot. Sí, de tot! Era culpa seva que em passés tot el dia esperant que s'acabessin les classes per córrer cap a casa seva i seure amb ella a la gespa i jugar amb les paraules. Era culpa seva, també, que a la meva habitació es comencessin a acumular tot de llibres que devorava amb entusiasme abans de quedar-me adormit. I, el més important de tot, ella era la responsable que cada cop que els meus companys es començaven a riure de mi o em molestaven perquè no sortia a jugar a futbol amb ells a l'hora del pati, jo tanqués els ulls per anar-me'n lluny, tan lluny que res ni ningú no em podia atrapar.

TAL COM ELLA EM VA ENSENYAR.

Tenia clar que la iaia tenia la culpa de moltes coses. De tot, o de gairebé tot.

El que no tenia clar és si allò la convertia en una bona àvia o no.

Em faig moltes preguntes, ja ho sé. Els rarets som així...

La tarda que em va ensenyar a veure el món amb els ulls tancats, **vam passar un munt d'hores** al seu jardí. Quan vam acabar de xerrar, recordo que vaig alçar les parpelles després d'haver-les tingut tancades fort molta estona, tal com ella m'ho havia manat. La llum del sol, que em va entrar de cop a les pupil·les, em va deixar cec uns segons, com quan encenen una llanterna en plena nit i t'apunten a la cara.

Durant uns instants l'únic que vaig veure van ser uns **puntets de colors ballant** damunt d'un intens color blanc.

Però de sobte, enmig de tota aquella claror, es va formar una taca una mica més fosca que a poc a poc se'm va anar definint, fins que la vaig poder distingir perfectament al fons. Per un moment vaig pensar que aquest cop sí que era Darth Vader qui estava davant meu. Però no, era la iaia, la que no hi toca, amb el seu casc idèntic, i em vaig

calmar. Una piga rodona i fosca, pintada sobre el llavi superior, em va fer l'ullet amb complicitat.

—Sí, Vicenç —em va dir la iaia amb un somriure enorme—, **tu també estàs una mica sonat**. I precisament per això em caus bé.

No recordo gaire bé què va passar després. Han passat molts anys des d'aquell dia. Però si no m'equivoco, la iaia em va abraçar molt fort. Contra el nas vaig sentir el seu clàssic perfum de flors, fusta i fruites que sempre es posava al matí i que li durava tot el dia. Jo també la vaig abraçar ben fort, per fer-li saber que era **MOLT FELIÇ** per haver pogut compartir aquella tarda amb ella al jardí, i que jugar amb les paraules s'havia convertit en una cosa molt, molt important.

Potser la més important de la meva vida.

No em penedeixo d'haver permès que aquell dia la iaia em veiés plorar d'alegria. M'alegro d'haver-ho fet. No vaig poder evitar que els ulls se'm neguessin en saber que tenia la millor iaia del món, la més **especial i única**. La més sonada i meravellosa. I que era allà, al meu costat, tan emocionada com jo.

Sí, van valdre la pena, aquelles llàgrimes. Sobretot perquè aquella va ser l'última vegada que vam sortir junts al jardí a mirar els arbres, els núvols, les flors i el sol.

L'última, tot i que jo llavors no ho sabia.

Després, tot va canviar.

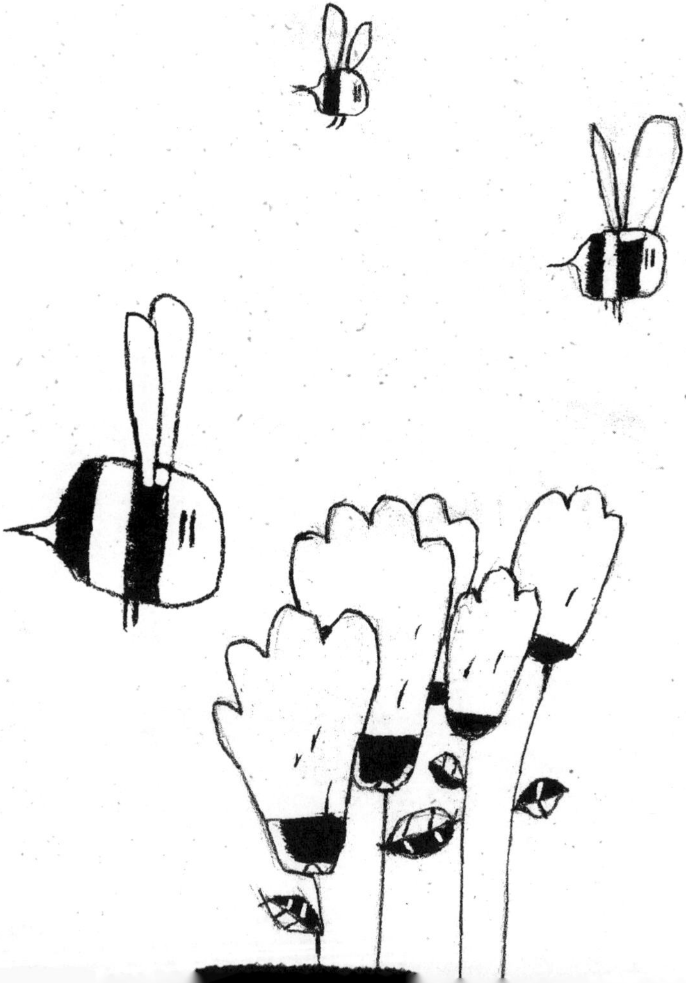

Capítol nou

La iaia es va posar malalta poc després. La tristesa va ser tan i tan gran, que el dolor em dura fins al dia d'avui.

Capítol deu

L'hospital on van portar la iaia feia la mateixa olor que la caixa metàl·lica on la mare guardava els medicaments. Era una caixa vella de galetes que algú m'havia regalat un any per Nadal. Quan la vaig deixar buida i abandonada, a terra i envoltada dels papers rebregats dels altres regals, la mare la va recollir, la va rentar per dins i per fora, la va pintar de blanc i va dibuixar una **creu vermella** al centre de la tapa. Cada cop que l'obria en sortia la mateixa ferum de malaltia. Era una barreja de l'olor del metall rovellat, el **XAROP DE LA TOS** que se suposava que tenia gust de maduixa però més aviat semblava vi podrit i el desinfectant amb què em netejaven les ferides dels genolls quan queia amb la bicicleta.

Sempre he odiat l'olor que feia aquella caixa.

Per això, quan vaig entrar a l'**hospital**, no vaig poder seguir caminant.

—Va, Vicenç —em va demanar el pare amb un gest de cansament profund.

Però no em vaig bellugar. Em vaig quedar mirant cap al final del llarg passadís que teníem davant, un de parets verdes amb tot de cadires de rodes, un parell de lliteres i unes quantes persones fent voltes en silenci, mirant el terra o potser les puntes de les seves sabates. Tristos. **Tots tan tristos** com el pare i com jo.

—Què té la iaia? —vaig murmurar.

—Serà millor que ho preguntis a la mare. Vine. Ens espera a dalt —va contestar el pare, i em va empènyer cap endavant posant-me la mà a l'esquena amb suavitat.

L'habitació de la iaia era més gran del que m'havia imaginat. A més del llit, on ella reposava amb els ulls tancats i **CONNECTADA AL SÈRUM**, vaig comptar-hi un parell de cadires, una taula on hi havia una safata amb el menjar ja fred, una finestra amb les cortines tancades i un gerro gros ple de flors.

—Qui ha portat aquestes flors? —vaig demanar espantat només de travessar la porta.

—Jo —va respondre la mare, que s'havia aixecat en veure'm.

—A la iaia no li agraden, aquestes flors.

—No? I tu com ho saps?

—Perquè li agraden les **flors que somriuen** i que saben tancar un ull, com les que té al seu jardí —vaig exclamar.

Els pares es van mirar uns segons i després em van mirar a mi. No sé si estaven esperant que

jo seguís parlant però, com que no es va bellugar ningú, vaig agafar les flors i les vaig anar a **AMAGAR AL LAVABO**. No volia que la iaia les veiés quan es despertés.

—Deveu estar morts de gana —va lamentar la mare—. Amb les presses, no he tingut temps de cuinar res...

—Bé, podem baixar a la cafeteria —va suggerir el pare i, quan es pensava que no el veia ningú, es va llepar els llavis dissimuladament davant d'un **entrepà imaginari**.

—Baixeu vosaltres. M'estimo més quedar-me aquí amb ella —va dir la mare.

—No —vaig intervenir—. Jo no tinc gana.

—Que el Vicenç es quedi amb l'àvia, doncs. —El pare va resoldre les coses i va avançar cap a la porta.

La mare es va quedar uns instants en silenci. Va sospirar profundament, va encongir les espatlles i se'm va atansar. Em va acariciar els cabells i em va fer un petó al front.

—**CUIDA-LA** —em va xiuxiuejar a l'orella—. Cuida-la com ella t'ha cuidat a tu.

I va sortir.

Em vaig asseure al costat del llit i vaig deixar la motxilla a terra. Estava a punt de treure un llibre que havia de llegir per a l'escola, per aprofitar l'estona estudiant, quan la iaia es va

bellugar sota els llençols. Va obrir els ulls i es va girar per mirar-me.

—M'ho he imaginat o algú m'ha portat unes flors que no somriuen? —em va preguntar.

Jo vaig fer que no amb el cap i vaig resar perquè la iaia no es volgués aixecar per anar al lavabo.

—Quin descans. No suportaria estar vestida així, en aquesta habitació tan lletja i a sobre envoltada de flors que no em donen alegria **—va remugar**.

—Què tens, iaia? —vaig dir, i encara que vaig intentar controlar-ho, la veu em va sortir plena de tristesa.

CUIDA-LA COM ELLA T'HA CUIDAT A TU.

La iaia, la meva iaia sonada, va allargar el coll i va aixecar la vista al sostre de l'habitació, com si allà dalt hi tingués les paraules que necessitava per respondre'm. Va voler retocar-se els cabells, que no estaven tan ben col·locats com sempre, segurament perquè no tenia l'esprai fixador. Però quan es va adonar que no se'ls podria pentinar com ella volia, va decidir no seguir insistint-hi. Aleshores es va endur una mà a la boca i es va tocar la pell.

—Vicenç, **un mirall!** De pressa!

Vaig córrer cap a una de les cadires de l'habitació on hi havia una bossa amb algunes de les seves pertinences. De dins la bossa en vaig treure una polvorera que ella em va arrencar de les mans amb urgència.

—La piga! **QUIN HORROR**, no me l'ha pintada ningú! —es va lamentar amb dramatisme—. Una cosa és estar hospitalitzada i una altra és deixar-se morir en vida. Ni el teu avi em va veure mai sense piga. De pressa, l'estoig de maquillatge!

Em va manar que vigilés la porta i no deixés entrar ningú, ni tan sols el metge, mentre ella no hagués acabat el seu **ritual de bellesa**. Va humitejar amb la punta de la llengua aquell llapis vell i petit que semblava un pinzell i quan el tenia a punt de tocar-li la pell es va aturar.

—Primer he de decidir com estic —va murmurar—. Alegre? Trista? Enrabiada?

AMB GANES D'ESCRIURE?

I em va mirar, com si esperés que jo li respongués aquelles preguntes.

—Em sembla que hi ha algú que necessita més ajuda que no pas jo —va comentar—. Vine aquí, Vicenç.

Quan em vaig acostar al llit, em va agafar pel braç i em va estirar fort cap a ella.

—No vull cares tristes —em va advertir—. No m'han agradat mai!

—Sí, iaia.

—Tu saps què vol dir que em pinti la piga damunt del llavi a la dreta?

—Vol dir que estàs **contenta.**

—Precisament!

I sense deixar-me temps per dir res, va recolzar el llapis sobre la meva pell.

Amb un gir ràpid em va deixar estampat un **punt negre perfecte** just a sota el nas.

—Ja està. Ara a somriure, Vicenç. No es pot desobeir una piga!

—Però no m'has dit què tens, iaia.

—Això tant és. No es pregunten coses tristes quan es té una piga damunt del llavi, a la dreta.

—I llavors, què fem ara?

—Com que què fem? Doncs jugar amb les paraules, fillet! Obre les cortines —em va manar.

Vaig córrer cap a la finestra i amb un moviment brusc vaig apartar la tela que ens separava de la llum del sol. I juntament amb un **lluminós raig** groc que li va anar a petar en plena cara a la iaia, també van entrar unes papallones que s'escapaven de les rialles del vent i aplaudien en ple vol, unes flors que somreien **d'orella a orella** i uns arbres que ens saludaven alçant els seus llargs braços plens de fulles verdes.

Hi havia tots els amics de sempre, com si diguéssim. No en va fallar cap.

Capítol onze

Només entrar aquell matí ja vaig veure el cartell amb unes lletres grosses i vermelles enganxat en un dels murs de l'escola:

De seguida vaig saber que hi havia de participar. Per ella. Per donar-li per fi el premi que no havia guanyat mai.

Només em faltava un poema.

Però això tenia solució: com deia la iaia, només havia de tancar els ulls i començar a jugar amb les paraules.

COM
S'ESCRIU
UN POEMA?

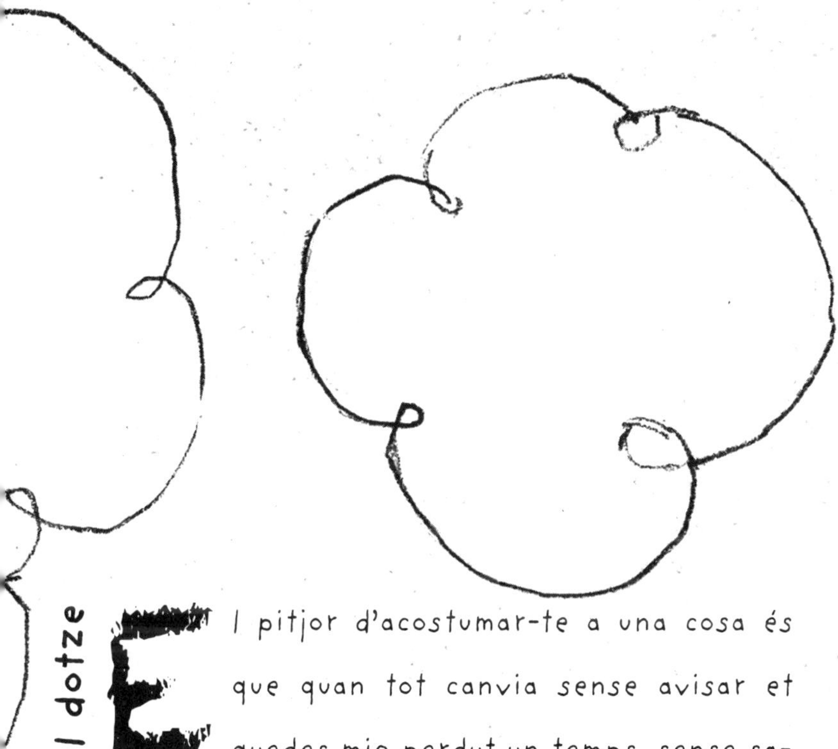

Capítol dotze

El pitjor d'acostumar-te a una cosa és que quan tot canvia sense avisar et quedes mig perdut un temps, sense saber què fer. Això és el que em va passar quan vaig tornar a casa la iaia mentre ella encara era a l'hospital. Necessitava escriure un poema per al concurs de l'escola, i no se'm va acudir un lloc millor per seure a pensar que el jardí on solíem jugar amb les paraules.

Però sense la iaia Petúnia al costat, el pati es veia diferent: no semblava que les flors somriguessin, el vent no reia, i les branques de l'arbre no es movien com els braços d'un gegant de fusta enorme i amistós.

Cada racó me la recordava. **Res no era el mateix.**

La iaia havia de tornar aviat perquè casa seva recuperés l'alegria.

Em vaig estirar a la gespa i vaig deixar que els ulls es passegessin pels **NÚVOLS GRISOS** que començaven a cobrir el cel. Com s'escriu un poema? Per on es comença?

—Digues, iaia, què faig!? —vaig cridar. Però tot va continuar en un silenci absolut.

Frustrat perquè no tenia ningú al costat que em pogués respondre, vaig tancar els ulls per veure si així el cor em deia alguna cosa. Vaig esperar. I vaig esperar una mica més. Però no, no va passar res. **Tenia la ment en blanc**. Ho vaig intentar, però no vaig aconseguir tenir ni una sola idea per escriure un vers.

La veritat és que només m'importaven dues coses: quan es recuperaria la iaia i per què ningú no m'havia dit què tenia.

Vaig sentir un soroll llunyà. Com que encara tenia els ulls tancats, vaig trigar una mica a adonar-me que havia sigut un tro. Pocs segons després se'n va sentir un altre. I encara un altre. Vaig poder sentir, a través de l'uniforme de l'escola, un **FRED D'HIVERN** que em va fer tremolar, però vaig decidir que no entraria a casa. Esclar que no. Res no em faria renunciar a la missió tan important que tenia. Havia d'aconseguir escriure un poema que em fes **guanyar aquell concurs**. Així podria regalar a la iaia el diploma, o la medalla, o la copa d'or, o el que fos que donessin de primer premi. No em va costar gens imaginar els seus ulls carregats d'emoció i orgull quan em veiés entrar a l'habitació de l'hospital amb el **trofeu** a les mans. Segurament aplaudiria amb entusiasme, sense preocupar-se per l'agulla de sèrum que duia enterrada al braç, o per les recomanacions de les infermeres de no moure's gaire al llit. Immediatament es pintaria la piga sobre el llavi, al lloc de l'alegria. I per **celebrar-ho** amb ella, jo també me'n pintaria una. I deixaríem entrar la llum del sol perquè ho celebrés amb nosaltres. I aquella felicitat inesperada provocaria que la iaia millorés per sempre, sense que cap metge pogués explicar-se mai la seva **sobtada recuperació**.

—És un miracle! —dirien tots plens d'emoció.

Però no, no seria un **MIRACLE**. Seria tan sols la felicitat de saber que el seu net preferit havia fet cas de cadascuna de les seves ensenyances i havia aconseguit per fi el que ella sempre havia somiat.

La meva iaia. La meva estimada iaia sonada.

Un altre tro em va fer saltar sobre la gespa. Llavors vaig descobrir que tenia les galtes molles. Havia començat a ploure sense que me n'adonés? O potser eren llàgrimes de tristesa per no poder compartir aquell moment amb la responsable que la meva vida hagués canviat? No vaig voler obrir els ulls. Per què? No m'interessava res del que passés al meu voltant. Només volia pensar i escriure un poema. **El millor poema del món**.

Em vaig passar les mans per la cara per eixugar-me-la, però de seguida la vaig tornar a tenir molla. Pel que semblava la pluja cada cop era més intensa, o bé jo cada vegada plorava més. O potser el cel llagrimejava de tristesa perquè, com jo, se

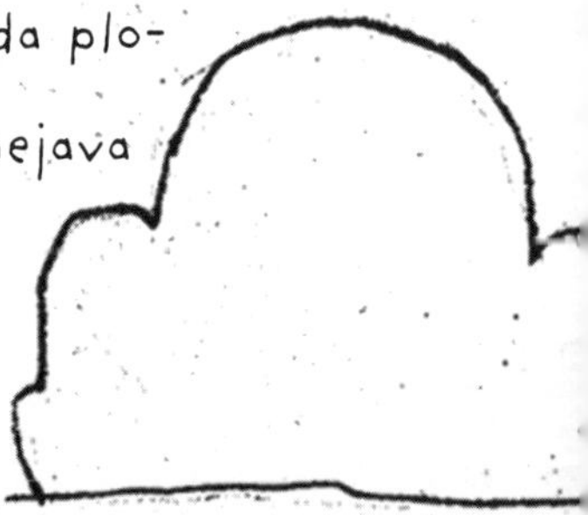

sentia sol i abandonat pel vent, que ja no venia a riure amb ell com abans. O potser enyorava el vol dels estels que competien amb les papallones per veure qui arribava més amunt i més a prop del sol.

No, res ja no era el mateix.

Res.

(AIRES DE DESOLACIÓ)

Llavors vaig tenir una idea: li escriuria a la iaia com el seu pati la trobava a faltar. La gespa no xiuxiuejava el seu nom. Els núvols ploraven la seva absència. El color blau se n'havia anat lluny, i en lloc seu havia deixat allà dalt un color gris deslluït que encara causava més *nostàlgia*. L'enorme arbre estava desanimat i les seves fulles eren com boques verdes a punt d'esclatar en plors.

Amb les paraules a punt d'escapar-se'm per la punta dels dits, vaig treure la llibreta de la motxilla i la vaig obrir per la primera pàgina en blanc. «**EL JARDÍ QUE PLORA**», vaig escriure a tota velocitat. Vaig decidir que aquell seria el títol. I vaig seguir escrivint la resta de la tarda, sense ser conscient del pas del temps. Quan es va fer de nit, havia acabat d'escriure el millor poema del món.

Capítol tretze

Però no, el meu no va ser el millor poema del món.

De fet, va resultar ser un poema pèssim. Perquè no vaig guanyar ni el primer, ni el segon ni el tercer premi.

No vaig guanyar res i ja sé per què: no em vaig pintar la piga al costat esquerre del mentó, sota el llavi inferior, com tocava.

Com me'n vaig poder oblidar!

Capítol catorze

Vicenç, que estàs trist?

—Sí, molt.

—Per què?

—Perquè volia guanyar aquell concurs de poesia, iaia!

—I per què?

—Per regalar-te el trofeu.

—Jo no necessito cap trofeu!

—Però si sempre has volgut guanyar un premi amb un poema...

—Jo?

—Sí. Cada cop que acabaves d'escriure'n un deies: «Amb aquests versos sí que guanyaré un premi» —li vaig rebatre—. O ja no et recordes que m'ho vas confessar?

—Quina memòria que tens, fillet. Entesos. Vols que et digui la veritat? —em va preguntar en veu baixa—. Allò va ser una mentida. **Sí, una mentida**. I no em miris amb aquesta cara, Vicenç, que no he fet res de dolent!

—Com que no? La meva pròpia àvia m'ha mentit! No et sembla dolent, això?

—No, no és dolent. Bé, sí, una mica. Però ho vaig fer volent. Per posar-te a prova.

—A mi?

—Sempre he sabut que eres diferent, Vicenç. Que eres un nen especial. **UN NEN ÚNIC**. I estava segura que amb el temps em seguiries els passos.

—No entenc res, iaia.

—És molt senzill: quan et vaig dir que volia guanyar un concurs, **ET VAIG SEMBRAR LA IDEA AL CAP** —va confessar—. No te'n vas ni adonar i vas començar a escriure cada tarda a casa meva. Ho vaig fer per això. Per aconseguir que et convertissis en un escriptor de debò.

—Però si el que fèiem cada tarda a casa teva era xerrar, iaia. Jugàvem amb les paraules —la vaig corregir.

—Això també és escriure. **Un poeta no solament escriu amb el llapis, fillet. Un poeta escriu amb els ulls, amb la veu, amb l'oïda...**

—Ai, iaia...

—Sí! Això és el que vas fer tu quan vas escriure «El jardí que plora». Vas escriure amb els ulls, amb la veu, amb l'oïda, amb les mans, amb l'olfacte... Vas fer servir tots els teus sentits, com un autèntic poeta! I per això, només per això, per a mi ets **EL GUANYADOR**.

—Llavors no t'importa que hagi perdut?

—Esclar que no! Ja t'he dit que no estic trista. Al contrari. Ja he complert la meva missió, Vicenç. Ja me'n puc anar tranquil·la.

—On te'n vas?

—A algun lloc, suposo. Per això m'he posat el barret amb la ploma verda. Ja saps que me'l poso sempre que surto de casa.

—Però on te'n vas?

—No ho sé. Potser darrere els núvols?

—Això és lluny.

—Sí, molt. Molt lluny. A veure, digues, **QUÈ HI HA DARRERE ELS NÚVOLS?**

—És on s'amaguen tots els globus que se n'han anat volant cel amunt.

—Que bé! Doncs me n'aniré a jugar amb tots els globus perduts.

—Que puc venir amb tu, iaia?

—No. Tu encara has d'escriure molt.

—No sé sobre què puc escriure.

—Te'n recordes de la llibreta que et vaig regalar?

—Sí.

—Encara la tens?

—Sí. Guardada en un calaix del meu escriptori.

—Perfecte. Vull que hi escriguis **tot el que se t'acudeixi**. El que et cridi l'atenció. Tots els pensaments que et passin pel cap. Entesos?

—I puc escriure sobre la teva piga falsa?

—M'encanta aquesta idea!

—Escriuré alguna cosa que es tituli «La iaia no hi toca», **en honor teu**.

—Quina emoció, fillet! —va exclamar—. Res no em podria fer més feliç. Així no m'oblidaràs mai.

—No t'oblidaré mai, iaia.

—Això em deixa molt més tranquil·la. Ara sé que me'n puc anar en pau.

—Te'n vas per culpa de la malaltia?

—Me'n vaig perquè tots ens n'hem d'anar a una hora o altra. Per això és tan i tan important **fer sempre el que ens agrada fer**. Perquè quan ens toqui anar-nos-en, ho fem contents. I satisfets.

—No te'n vagis encara.

—No, fillet, sense llàgrimes. Això no és cap comiat. Escriu. Escriu molt. I cada cop que escriguis, jo hi seré, al teu costat, llegint per damunt de la teva espatlla.

—No te'n vagis, iaia!

—I pinta't una piga a la cara quan no se t'acudeixi res. A mi aquesta **TÀCTICA** no m'ha fallat mai!

—Iaia...

—Aquí, damunt del llavi, quan estiguis content —va indicar—. I a baix al mentó quan estiguis buscant inspiració... No te n'oblidis!

—No vull que te'n vagis... —vaig lamentar.

—«La iaia no hi toca». M'encanta el títol! —Va obrir molt els braços, **com si volgués tocar les paraules que li sortien de la boca**.— I quan l'acabis, vull que me'l dediquis a mi... i a la meva piga. D'acord?

—Iaia, sisplau... —vaig sanglotar.

—No te n'oblidis, Vicenç. Ho estaré esperant allà dalt, amb els globus amagats rere els núvols.

—Iaia...!

—Vicenç...

—Iaia, no...!

—Vicenç... Vicenç, obre els ulls!

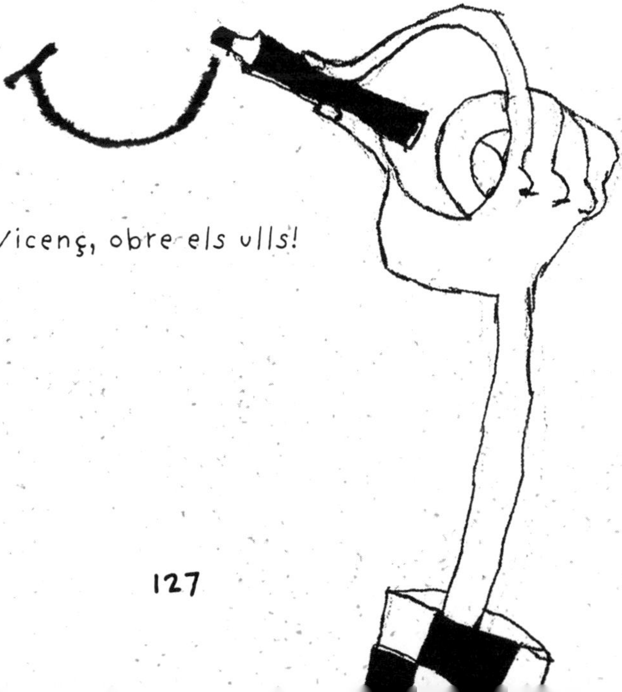

Capítol quinze

Vicenç, obre els ulls!

Ja no era la veu de la iaia. Era la veu de la mare, dreta davant meu.

—Vicenç, desperta't! —va ordenar.

Em vaig asseure al llit i em vaig passar la mà per la cara per treure'm la son del damunt.

Vaig mirar per la finestra i vaig veure que la nit era tan fosca com quan m'havia adormit. Quina hora era?

—Vesteix-te. Hem d'anar a l'hospital —va dir la mare en un xiuxiueig. Tenia la boca sense color, com sempre que una cosa l'amoïna.

—Què ha passat?

—No triguis. El pare ens espera al cotxe.

—Què ha passat? —vaig insistir.

—**LA IAIA**... —va ser l'únic que va dir abans de posar-se a plorar.

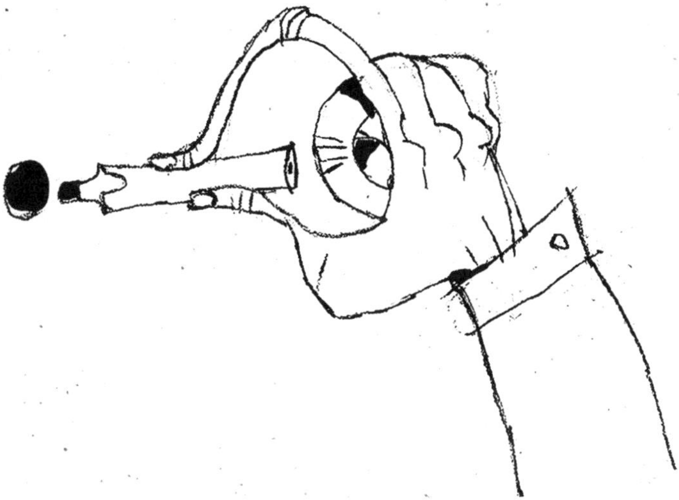

Capítol setze

Em dic Vicenç Castells, tinc 58 anys i he publicat molts llibres. Alguns són molt bons i uns altres no tant. Amb uns quants he guanyat premis importants i uns altres amb prou feines han estat un temps als aparadors de les llibreries abans de desaparèixer sense que ningú se n'adonés.

Pot ser que conegueu alguna de les meves obres, perquè centenars d'alumnes de diferents escoles les han hagudes d'estudiar com a lectura obligatòria. Em sap molt de greu si vau treure una mala nota amb un llibre meu. Jo només volia distreure-us i **que passéssiu una bona estona imaginant mons** i personatges que no existeixen a la vida real, sinó només en la imaginació. Moltes gràcies per escoltar-me i pels aplaudiments que m'heu dedicat. Per a mi ha sigut un autèntic plaer parlar amb vosaltres i compartir durant aquestes hores una part de la meva vida. Sempre que em conviden a un acte com aquest d'avui, per parlar de llibres, de **POESIA** o de la meva àvia, accepto de seguida. Perquè m'agrada parlar de coses que m'alegren. A més, si explico les aventures de la iaia Petúnia tinc la sensació que **ella encara viu** aquí, al meu costat, per molt que hagin passat tants anys des del dia del seu funeral.

Com? Que com va ser el seu funeral? Trist, esclar. Però he de ser sincer: no va ser tan dolorós com em vaig imaginar que seria. Ella mateixa m'havia dit que se n'aniria rere els núvols a seguir inventant poemes. I penso que no s'hi deu estar pas malament, vivint rere un **núvol tebi de sol**.

Recordo la missa com si fos ahir. L'església plena de familiars i flors. I tot i que era un funeral, totes les flors que envoltaven el fèretre somreien. Sí, totes. Tal com li agradava a la iaia. Vaig seure al davant de tot, amb els pares, que em tenien agafat de les mans. Potser es pensaven que me'n voldria anar, o que faria alguna cosa que els avergonyiria davant de la resta de tiets i cosins. Però no. Em vaig quedar tranquil mirant la fusta del fèretre que brillava gràcies a la llum que entrava per les finestres. Era una **llum daurada, com les rialles** dels pardals. Perquè vaig descobrir que els pardals riuen en diferents tons daurats, per si no ho sabíeu. També vaig saber que amb el pas del temps a les onades del mar els fa mal l'esquena de tant doblegar-se i estirar-se a la sorra. I que a cada gota de pluja li ensenyen una **NOTA MUSICAL ESPECIAL** abans de llançar-se fora del núvol, perquè la vagi cantant a tot volum mentre cau.

Que com ho he après, tot això? Endevineu gràcies a qui ho he après. Sí, sense por d'equivocar-me us puc dir que la iaia va tenir la culpa que jo descobrís totes

les coses importants de la vida.

Estic convençut que avui dia soc qui soc gràcies a ella.

I qui soc? Només soc una persona que veu millor **el món amb els ulls tancats**. I que amb el pas dels anys ha après a jugar tan bé amb les paraules que aquesta habilitat s'ha convertit en la seva professió.

Va, contesto una pregunta més i prou, que no us vull distreure més.

Sí, una pregunta més...

Que quin prefereixo de tots els llibres que he escrit? Aquesta pregunta em sembla molt interessant perquè per a mi la resposta és **molt simple**. Aquest llibre es titula *La iaia no hi toca.*

De fet, el vaig escriure fa molt de temps. Un dia em vaig despertar amb aquest títol al cap, segurament perquè el devia somiar. Gairebé mai recordo el que somio, però les **MILLORS IDEES** se m'acudeixen **QUAN OBRO ELS ULLS** al matí. I aquell dia no va ser diferent. Em vaig asseure al llit amb aquelles cinc paraules donant-me voltes dins del cap.

Cinc paraules ben senzilles: la-iaia-no-hi-toca.

«M'encanta el títol!»

Des del passat em va arribar la veu de la iaia. La mateixa que vaig sentir per últim cop la nit que va venir a acomiadar-se de mi.

«I quan l'acabis, vull que me'l dediquis a mi... i a la meva piga. D'acord? No te n'oblidis, Vicenç. Ho estaré esperant allà dalt.»

Com ja sabeu, tots els rarets som molt disciplinats. Perquè **per això som rarets**, esclar. Per poder fer moltes coses, i totes alhora. Així que vaig fer cas a la iaia i aquell matí tan especial em vaig llevar d'un salt i vaig cancel·lar totes les coses que havia de fer. Em vaig tancar al meu despatx disposat a treballar durant moltes hores. Vaig obrir un dels calaixos de l'escriptori i en vaig treure una preciosa llibreta de tapes verdes i fulls quadriculats...

Sí: la mateixa llibreta que ella m'havia regalat feia molts i molts anys. I la mateixa llibreta que jo havia guardat amb molta cura a l'espera de trobar una bona raó per fer-la servir.

Vaig agafar un retolador negre i em vaig pintar una piga al **COSTAT ESQUERRE DEL MENTÓ**, com ella m'havia ensenyat. Després de tant de temps de pràctica, ja no em cal ni mirall per fer-ho. En recolzo la punta a la pell, faig un moviment ràpid amb la mà i...

«Ja està. Ara a escriure, Vicenç.

No es pot desobeir una piga!»

Esclar, ja és tradició que cada cop que engego un nou projecte una piga rodona i falsa m'adorni la cara.

No em va caldre pensar gaire per llançar-me a escriure. Només vaig haver de tancar els ulls un moment perquè tota la inspiració em sortís del cap i em fluís cap als dits. Vaig deixar que el llapis corregués veloçment per la primera pàgina, redactant el que uns mesos després acabaria sent el meu nou llibre.

Com...? Que com fan les primeres línies d'aquesta història? Les voleu sentir? Cap problema: me les sé de memòria.

Aquí van, i us les dedico amb molt d'afecte: «Tot és culpa de la iaia. Sí, tot! Perquè sempre en té la culpa algú, del fet que fem el que fem, oi? O del fet que ens agradi el que ens agrada. O del fet que no ens agradi el que no ens ha agradat mai. Bé, doncs en el meu cas la responsable de tot és la iaia. I per què? Doncs senzillament perquè la iaia no hi toca».

FI

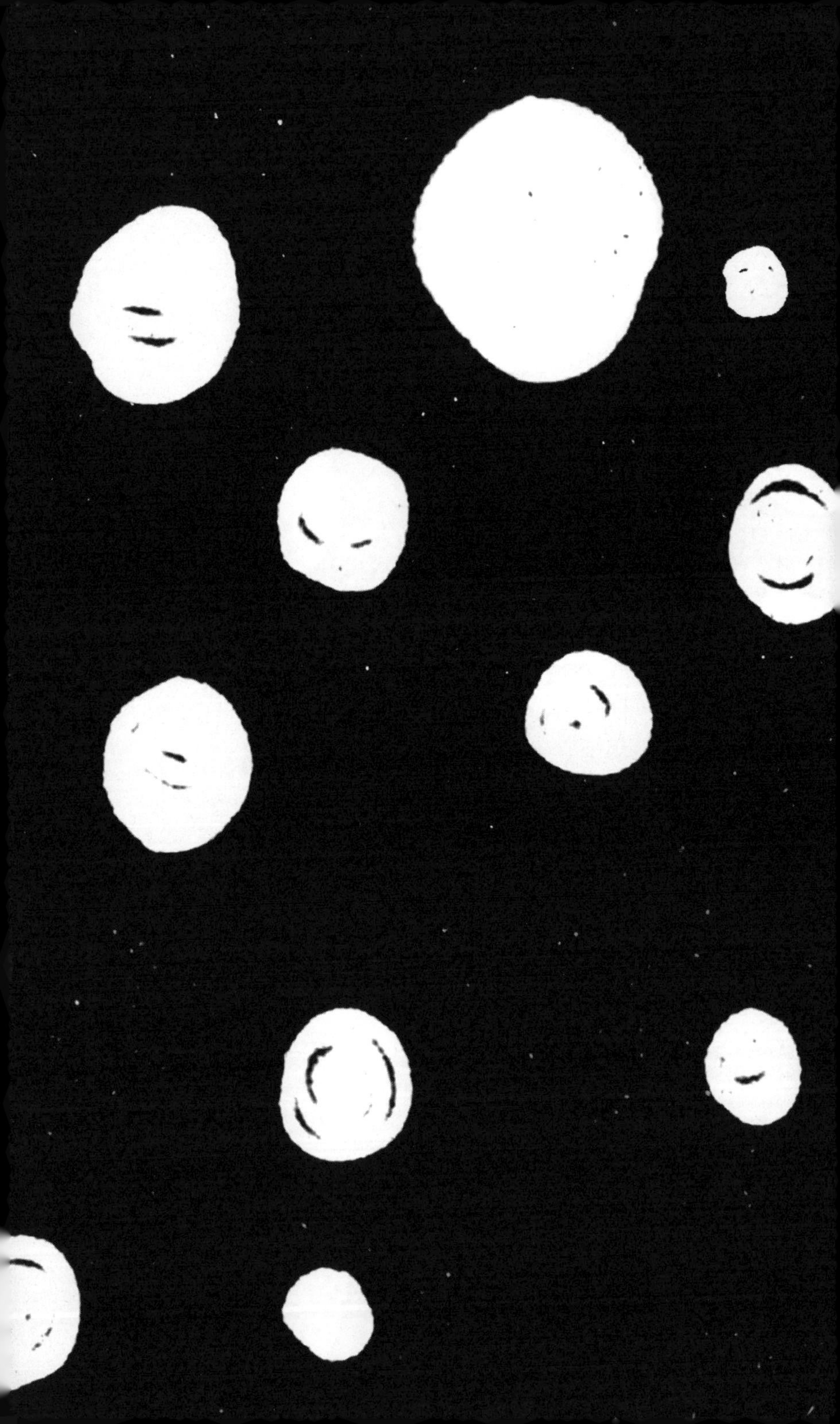

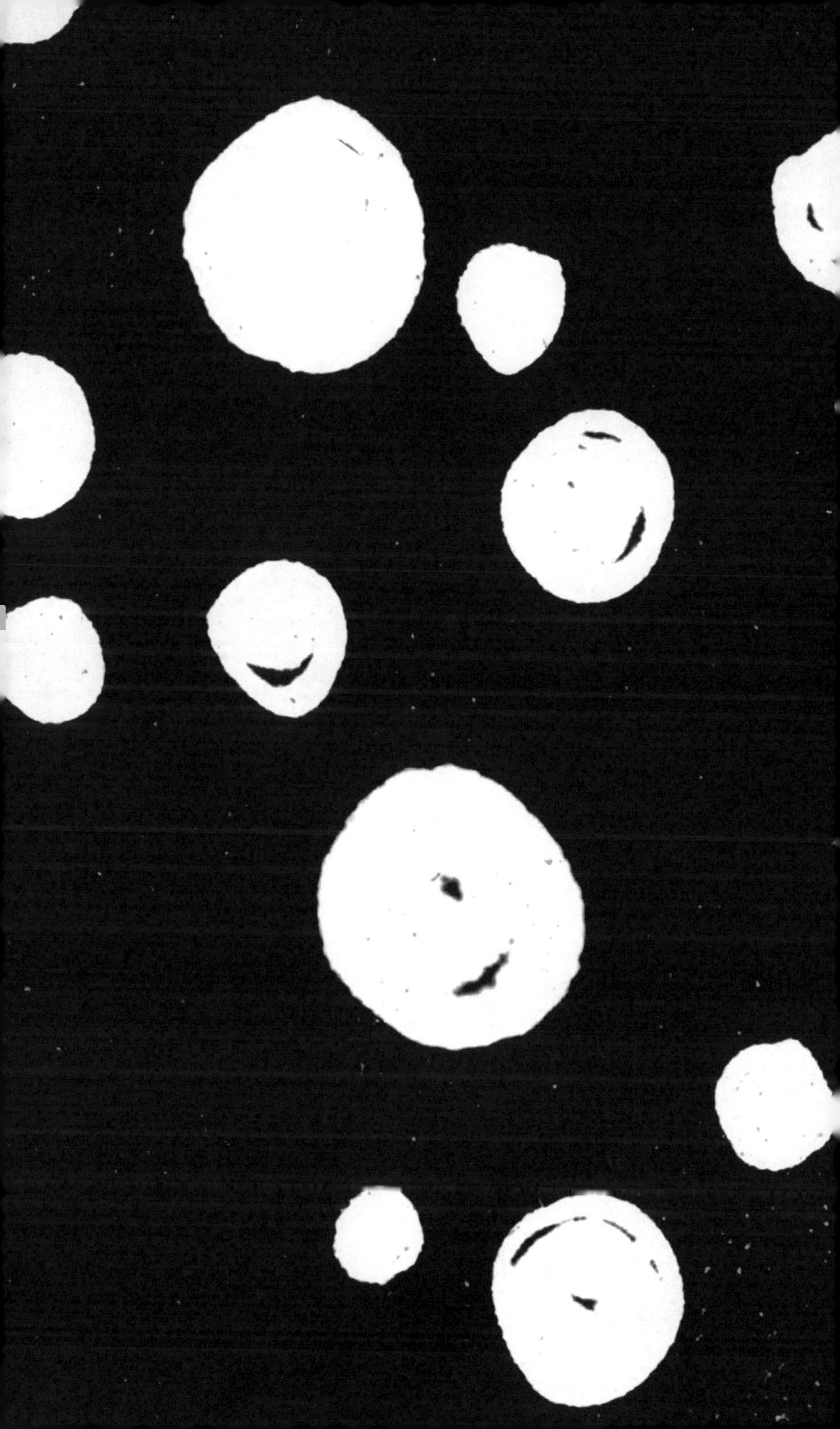

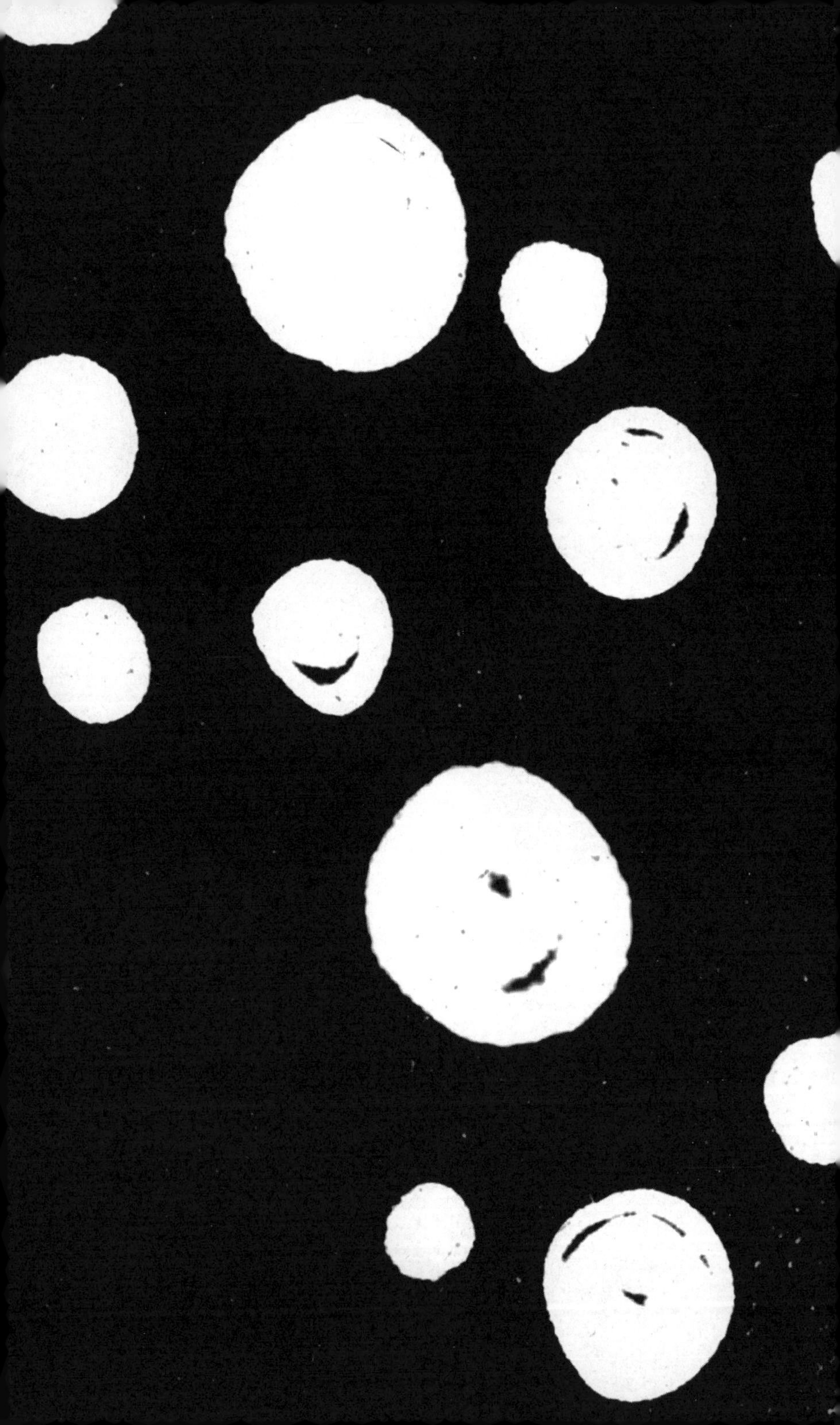